怪奇小説集

恐怖の窓

遠藤周作

日下三蔵＝編

角川文庫
23150

怪奇小説集
恐怖の窓

目次

PART I

PART I

恐怖の窓

幽霊の話などをされると、私はいつも相手には気の毒だが思わず吹きだしてしまう。相手が真面目になって話せば話すほど、可笑《おか》しさがこみあげてくるのはやむをえない。そのくせ、私は幽霊がないよりはあったほうがいいと思っている。理由は簡単だ。幽霊が存在しないよりは、存在したほうが世の中がたのしいからである。

そんなわけで六年ほど前、某週刊誌にたのんで私は日本中の幽霊屋敷といわれる家を探してもらった。そんな噂の立っている家をこの眼で見て、本当かどうか確かめてやろうと思ったのである。

だが、実際に当ってみると、こういう幽霊屋敷などの話はほとんどが眉唾《まゆつば》ものであることがわかった。依頼した雑誌社に寄せられた手紙は十通ちかくあったが、いざこちらが尋ねていくと返事を出すと、

「あの話は五年前のことで、今はどうなっているかわかりません」

とか、

「もうその家はとりこわしになってしまったのです」

という風に逃げ腰になってくる。結局、十通ちかくあった家の中で本当らしいのは四軒だけだった。カメラマンと一緒に早速、夜をえらんでそれらの家々を探険したが、心から気味わるかったのはたった二軒だけである。その二軒の家についての私の探険記は「周作恐怖譚《きょうふたん》」という本に書いてしまったから、ここではのべない。今から話そうと思う話は幽霊なぞほとんど信じてもいない私が、今もって一種の恐怖をもって思い出さずにはいられない実際の体験談なのである。

I

あれはもう十年前になるか。私は現在、慶大の助教授をしているM君と仏蘭西《フランス》のリヨンという都市に留学をしていた。すべての留学生がそうであるように、我々も一年たたぬうちに手もとが次第に寂しくなってきた。

「安い下宿に変ろうじゃ、ないか」

私たちが泊っていた下宿は街を流れる碧《あお》いローヌ河に面している。晴れた日には遠くアルプスまで見ることができた。この下宿を捨てて別の部屋に住むのは心が進まなかったが仕方がない。

しかし学生課から教えてもらって、四、五軒、部屋貸しをしてくれるという家をたずねたが、どれも気に入らない。気にいっても今いる下宿とほぼ同じ値段だから、これでは引越しをしても意味がなかった。

「俺たち、困ってるんだ。べラ棒に安い値段で部屋を貸してくれるところはないだろうかね」

学校で私は同じ教室のフランス人学生たちにいつもそう相談をもちかけた。

「どのくらいの部屋だ」

「Mと二人だから、やはり小さいのは困る。ベッドも二つなくちゃ駄目だしね」

「それじゃあなあ……」フランス人の学生たちは笑いながら首をふった。「無理だよ。お前のいう値段では」

そうかと言って私とMとは別々に住むわけにはいかなかった。別々に住めば出費もそれだけ重なってくる。

途方にくれたまま一週間たち、十日たった。ある朝、いつものように憂鬱《ゆううつ》な顔をして教室に出ると、

「おい」

アンドレ・セルデニィという肥《ふと》った学生が私の肩をポンと叩《たた》いた。この男は南仏出身の文学部学生で、陽気な上に歌の好きな奴だった。

「安い部屋の話を耳にしたんだけどな」

「本当かね」

彼の言う部屋の間代は現在の下宿の半分もしなかった。おまけに専用便所もついているという。

「見晴しだって、悪くはないよ」

「アルプスが見えるのか、夢みたいじゃないか」

「ただねえ」アンドレ・セルデニィは急に声をひそめた。「言いたか、ないけどさ」

「言えよ。かまわねえから」

「今までその部屋に住んだ奴はみなすぐ引越しちゃうんだってよ。どうも変なことがあるっていう話なんだ」

「そりゃア、幽霊かね」

私の大声をきいて、五、六人の男女学生が我々二人をとり囲んだ。

「そんな馬鹿な」

「本当かどうか俺は知らないさ」アンドレは急に首をふって、

「ただ、そういう噂を耳にしたもんだから」

私は腕を組んで考えた。Mにも相談してみねばわからぬが、幽霊なんて存在する筈《はず》がない。そんな架空の噂のために便所つきの安い部屋を見棄てるのは馬鹿な話である。

「ふうん。幽霊ねえ」

昼休み、大学の中庭で哲学の講義をすませたMに相談すると、彼は一瞬眉《まゆ》を曇らせたが、

「しかし、眼をつぶるのは惜しいな」

「だろう。俺もそう思ってんだ」

「思いきって借りようか」

「借りよう」

私たち二人の日本人学生がプラ町にある変なものの出る部屋に引越しするという話はたちまちアンドレの口から他の学生たちに伝わった。そしてその午後部屋を調べに出かけた時は私とMとのあとを、好奇心の強い五、六人の彼等が金魚のウンコのようについてきたのである。「本当に困ってるんですよ、そんな噂をたてられて、さ」

レピュブリック広場に近いプラ町はリヨンの中でも古い通りである。その部屋は一階にあったが、持主の肥ったおばさんは、我々の話をきくと言下に首をふって噂を否定した。

「前にいた男が身持ちが悪くてね。女を部屋に引きずりこむもんだから、私が追い出したんですよ。そしたら腹いせにそんな話をふれまわったんだねえ」

おばさんの説明によると事情はそういうことだった。我々は彼女に従って誰もいな

い部屋の中に足をふみ入れた。午後のあかるい光が窓からいっぱいに流れこんでいて、とても因縁や怪奇のまつわる部屋とはみえない。窓の向うにここと同じように黒ずんだ古い建物が並んでいる。

「悪かねえじゃないか。感謝しな」

アンドレも今は全く幽霊の話など忘れたように、ここを紹介したことを得意がっていたし、他の学生たちもむしろ羨《うらやま》しそうな眼つきで部屋の中を見まわしている。

II

翌日引越しをした。荷物を運び終って整理すると部屋は想像していた以上に気に入り、私とMとは窓に頬杖《ほおづえ》をついて西陽の照る通りをぼんやり眺めた。

夜はつかれていたので、ぐっすり眠った。もちろん幽霊のことなど我々はとっくに忘れていたし、朝眼をさますと、まぶしい陽光が窓から流れこみ、

「なにも起らないじゃないか」

私たちは歯をみがきながら笑ったくらいである。

二日目の夜もなにも起らなかった。三日目の夜も異変はない。

四日目の夜、少し変なことがあった。夜中に私は窓が鈍い音をたててゆれているの

に気がついて眼をさました。誰かがゆさぶっているような感じである。闇の中で私はじっと耳をすませた。

「知らなかったよ。そんなこと」

Mは翌朝、自分はそんな物音には全く気がつかなかったと言う。だから私はあれは風の音だったのかなと考えたぐらいだ。

五日目の夜、私とMとは昨夜と同じような窓の音を耳にした。それは風の仕わざではなく、なにものかがゆさぶっているのである。

「おい」私はひくい声でMに言った。「この音だよ。俺が昨夜、きいたのは」

Mはだまっている。こちらと同様、彼も体がベッドの上で硬直していたにちがいなかった。

「起きて……窓の外を見てくれよ」

「お、おれイヤだ。お前がみろ」

物音は三、四分ほど続いた。思いきってベッドから起きて、窓に駆けた時、なにか白い影のようなものが窓硝子《ガラス》をかすめて、外を通過した。Mも私も部屋の真中にたちすくんだまま、動けなかった。

翌日、蒼《あお》い顔をして大学に出ると、

「どうした。顔色が悪いぞ」

フランス人の学生たちがニヤニヤしながら訊《たず》ねるのである。私が一昨夜と昨夜とに起った不愉快な出来事を打明けると、途端に彼等は大声をたてて笑った。

「うまくかかったな」

「なにが」

「悪戯《いたずら》」

「悪戯？」

「そうよ。お前があんまり、いい下宿を手に入れたもんだからよ、俺たち、ヒガんじゃってさ。少しからかってやろうと思ったんだよ。なあ。怒るな、冗談だったんだから」

一昨夜と昨夜、アンドレ・セルデニィとほかの二、三人の仲間が白布を持って、真夜中、私の下宿の窓をゆさぶったのである。白布を頭からかぶって窓の外を走ったのも彼等だったわけだ。

悪戯にしては度がすぎるとは思ったが、私も怒るに怒れず、苦笑するより仕方がない。

「もう、止せ、くだらんことは。今度、ああいうことしたら本当に腹を立てるぜ」

こちらにはやっぱりあの下宿には幽霊なぞ出ないんだという悦《よろこ》びのほうが強かったので、みなをきつく、たしなめると、もう昨夜のことはすっかり忘れてしまった。

だが、それは私の誤解だった。奇怪なことはその後、起ったのである。

あれは私が引越しをしてから一ヵ月ほどたってからだった。私は窓に頬杖をついて外を見ていた。西陽が路《みち》にあたり、古びた箱型の電車がチンチンと音をたてて通りすぎていった。近所から町工場の鋸《のこぎり》をまわす響きが伝わってきた。私はふとその時向うの家の窓に誰かが立ってこちらを見ているのに気がついた。それは西陽のためにはっきり摑《つか》めなかったが、少し痩《や》せた背のたかい男の影だった。

（Mじゃないか）

そうだ。Mだと私はすぐわかった。しかしMがなぜ、そこに立ってこちらを見ているのだろう。彼は今、大学の哲学科に講義をうけにいっている筈なのに。私は手をあげて彼に合図をしてみたが、向うの窓からこちらを見ているMはじっと立ったまま身動きをしない。だが電車が通りすぎ、西陽が更に窓に反射して私が眼をつむったあと、もうその影は見えなかった。

「今日、お前、あの家でなにをしてたんだい」

私は彼が下宿に戻ったあと、早速そう訊ねた。

「むこうの家って」彼は怪訝《けげん》な表情で「俺は大学に行ってたんだぜ」私が彼の姿を向うの家の窓の中で見たと説明するとMの顔色が突然変った。

「本当か」

「本当さ」

「俺も、昨日、みたんだよ、君を」

昨日、私は外出していた。下宿に残って勉強していた彼が顔をあげて外を見ると、やはり西陽のあたっている向うの窓に、私が立っていたのである。

「俺は自分の眼の錯覚と思ったから、黙ってたんだが」とMは弁解した。

「俺たち二人に似た男が向うに住んでいるんだろうか」

しかし私の眼が確かなら、あの窓にみえた相手は顔形はもちろん、洋服までMのものだったのである。私は少しおびえてMと部屋の中で向きあっていた。

「止《よ》そう。薄気味がわるい」

我々は最後にそう言ってわざと笑いながら自分の心を鎮めるより仕方なかった。

それから一週間、また何もなく過ぎた。下宿にいても私たちの視線はおのずと向うの窓にむくことがあったがもちろんそこには誰の影もうつってはいなかった。

六月が終ろうとしていた頃である。リラの花を朝ごとに行商人が大声をあげて売りあるく季節だったからよく憶《おぼ》えている。日曜日で道は人の姿もほとんどない。Mは映画を見に出かけて不在だった。

午睡《ごすい》からさめて窓によりそった。あくびをしながら、なにげなく窓をあけると、あの日のように西陽がむこうの家に反射していた。そしてその西陽の赫《かがや》きの中に私は一人の男がじっとこちらを見つめているのに気がついた。

恐怖にかられて私はうしろに退《さが》った。そして一瞬だったがこちらを見ている男が誰であるか、すぐわかったのである。私は唾《つば》をのんで棒のように立ちつくしていた。向うにいるのは、私だったのである。

西陽の渦の中で向うの窓に立っているのは私とそっくりの男だったのである。しかしそれは私の背広を着て私とそっくりの眼鏡をかけていた。それは窓にうつるこちらの影でないことは確かだった。なぜなら、その男は笑ったからである。

そしてまもなく彼は姿を消してしまった。

私はMにたのんで、向う側の家をたずねてもらった。家主の話だとその部屋は倉庫に使っていて鍵《かぎ》をしめたままであり、誰も住んでいないと言うのである。

我々はすぐに下宿を変えることにした。私の話をきいたフランス人の学生たちは幻覚だという。しかしMも私を見たのである。二人が幻覚にかかるということがあるだろうか。

私は今日も慶大のM助教授に会うとその時の話をする。彼しかこの話を本気で信じてくれる者はないから。

詐欺師

その青年は三年前の初夏の昼さがり、突然ぼくの父の家にあらわれた。その時、ぼくは二階で昼寝をむさぼっていた。庭の猿すべりで一匹の油蟬がしきりに金属的な声をあげて鳴いているのを夢うつつに聞いていたのである。

「お客さまですよお」

女中はぼくの体をゆさぶりながら名刺を鼻先につきつけ「フン、また寝ている」と小声で呟《つぶや》いた。若いくせに働きにもでず、始終、父の家にゴロゴロしているぼくを彼女は心から軽蔑《けいべつ》していた。

「お客って誰だ」

「誰かって、名刺をごらんになればわかります」

肩をそびやかして女中が去っていったあと、ぼくは掌で首すじの汗を拭《ぬぐ》いながら畳から起きあがり、名刺をひっくりかえした。口の中がひどくカラカラに乾いていた。

名刺は先輩のY氏からだった。そしてそこには鉛筆の走り書きがある。

「名取君を紹介します。名取君はぼく等の雑誌にも小説をもってきた人ですが、同世代の友人を求めています。将来性のある人ですから君も会ってごらんなさい」

名取君か、変な名前だなとぼくは考えた。だがそれよりも折角のこの心地よい昼寝を中断してまで見知らぬ人に気をつかわねばならぬことが少々億劫《おっくう》だった。

応接間におりるとユカタに帯をしめた青年が椅子に体を埋めて、胸もとを少しあけながら扇風機の風を入れている。一見、壮士風の男である。

「今日は」

ぼくが挨拶《あいさつ》をしたが相手は返事もしない。返事をしないだけではない。しばらくの間、腕組みをしたままぼくの顔をきつい眼でじっと見つめるのである。気の弱いぼくは思わずうつむいてしまった。

「どんな御用でしょう」

「あんたはドストエフスキーを読んだことがありますか」

突然、青年はかん高い声で言った。「ドストエフスキーをあんた、どう思います」

「どう思うって……」驚いたぼくは眼をしばたたきながら、

「君、急に……そう言われたって……」

「急に、とは何です。そんなことでドストエフスキーを読んだと言えますか」

庭の猿すべりで蟬がなきやんだ。夕立でもくるのか、今まで陽のカッと照りつけていた地面がふいに暗くなった感じがした。その静まりかえった空気のなかで青年は肩をいからせてドストエフスキーの思想をまくしたてはじめた。

圧倒されたぼくは一言も口をひらかなかった。ひらかなかったのではない。ひらけなかったのである。この青年の押しつけるような物の言い方や高い声がぼくを臆病《おくびょう》にさせたのである。更に、彼の話の意味も、あまりにムツかしすぎてよくわからなかった。

「俺はこの間、小林《こばやし》さんの家に行きました」と青年はこともなげに呟いた。「あんたのドストエフスキー論は間ちがっているって言ってやった」

「小林さんって」ぼくはおずおずとたずねた。「小林秀雄《ひでお》氏のことですか」

「そうだ。俺は石川淳《いしかわじゅん》さんと小林さんの所にはよくあそびに行くんです」

怯《おび》えながらぼくは黙りこみ、相手の浅ぐろい顔をぼんやりと眺めていた。眉《まゆ》のつりあがった男である。その上歯が半分ほど抜けている。

「この歯ですな」ぼくの視線に気づいた青年はニヤリと笑った。「金歯だったんですが金に困って売りましたよ。父から勘当されてるもんですから」

「勘当？」

「そうです。申しおくれましたが俺は本名を松平慶勝と言います。名取はペンネームでね」

「松平とおっしゃると、なにか徳川《とくがわ》家と関係でも？」

「ああ」いかにも面倒臭そうに青年は肯《うなず》いた。「俺の家は代々が会津《あいづ》の藩主だったんだ」

ぼくはあわてて相手の顔をみた。そう言われればこの歯のぬけた顔にも何処か気品が漂っているように思われてくる。

「待って下さい」

いそいで応接間を滑り出てぼくは廊下に出た。茶の間の方で遊びにきた叔父《おじ》と祖母とが話をしている声がきこえてきた。

ぼくの家は昔、会津の藩士だった。祖先の一族にはあの白虎隊に加わって討死した者もいる。今の感覚から言えば馬鹿馬鹿しい話だが、つまりお殿さまが眼の前にあらわれたことになるのだ。昔かたぎの祖母にこのことを知らせればどんなに驚くかわからない。

「インチキじゃないのか、そいつ」畳に腹ばいになりながら冷えた麦酒《ビール》を飲んでいた叔父は疑わしそうに眼を細めた。「よしんば本物としても何も騒ぐことはないやな。民主主義の世の中だあ」

だが祖母はもうオロオロしながら腰をあげていた。「若さまが？　こんな所に」眼をまるくした彼女はしきりに襟元をかきあわせ、白髪を掌でなでつけた。「お前、御無礼のないように。私もすぐ御挨拶にでるから」

「確かめなくちゃ駄目さ。天一坊かもしれねえからな」叔父はまた首をかしげたが、

「憲三、勿体《もったい》ないことを言うもんじゃない」

祖母は本気で叱りつけた。

ぼくは今日でもその時のことをマザマザと憶《おぼ》えている。庭でふたたび蟬が高い声をあげて鳴きはじめ、祖母は深く深く頭を下げながらこの旧藩主の若様に御挨拶申し上げる。青年は相変らず腕組みをしたまま鷹揚《おうよう》に肯いていた。

「こんな家にお出《い》でいただきましても何も差上げるものもございませんで」善良な祖母はしきりにあやまった。

「イヤ、俺、天丼がたべたいですな」

「まあ、天丼。若様が」

「若様はよして下さい。今は俺も松平じゃない。父に勘当された身です。天丼だって何だって食べます」

青年は——つまり松平慶勝さんは自分の身の上をゆっくりと話しはじめた。学習院《がくしゅういん》を出たあと、戦争中の華族の子弟がほとんどそうだったように彼も海軍兵学校に入学したそうである。戦争が終って一応、東大の仏文科にはいったが教室には出ず、新橋《しんばし》で放蕩三昧《ほうとうざんまい》の生活を送った。揚句の果て、芸者を身うけしようとして家族と衝突し、

遂《つい》に勘当を仰せつかったと言う。

「それから一族が株主であるT映画会社に入ったんですがね」

松平青年が出された天丼をパクパク食いながらしゃべる間、祖母とぼくはふしぎそうにそれを見詰めていた。御飯の上にのっているエビの尾まで音をたてて召上るのである。

「女優の中で一人、不遜《ふそん》な娘がいましてね。名前はたしか岡田茉莉子《おかだまりこ》とか言ったなあ、あまり無礼だからある日、思わず手打ちだと怒鳴りつけたんです。そのため重役の気を損じてここもやめさせられた」

「まあ、若さまにたいして何と無体《むたい》な重役でございましょう」

「だから……今、中野《なかの》の植木屋の二階に下宿しています。昔、遊んだ芸者の家なんだ」

松平青年はこの時、すこし悲しそうな顔をした。

翌日から彼は二日とあげず、ぼくの家にやってきた。やって来て何をするのでもない。ただソファにふかぶかと身を埋め、腕組みをしてしゃべり続けるのである。彼の口からは相変らずドストエフスキーが連発された。ドストエフスキー以外は眼もくれないようだった。

「なぜ、そんなにドストエフスキーが好きなんです」ある日、ぼくがそう訊《たず》ねると青年の細い眼は異常なほど暗く光った。

「それはね、俺の体には祖先の血が流れているからです。俺の祖先は自分のエゴイズム、自分の快楽のためには他人を人間と思わぬような育てられ方をした連中ばかりでね。家の利益のためには妻子を平気で殺すこともできたんです。そんな罪悪の血液が俺の体にも疼《うず》いていると思えばドストエフスキーに心ひかれるのは当然じゃないですか」

　だが三時間も四時間も暑い日盛りに虚無だ、実存だとまくしたてられるとぼくもうんざりすることがある。そんな時、ふしぎに彼はこちらの顔色を敏感に読みとって話題を転じた。

「あんた、ひどい着物を着ているな」彼は憐《あわ》れむようにぼくの汚れたゆかたに眼をやりながら、

「着物、あまり持っていないんだね。じゃ今度、俺の羽織を一枚あげるよ」

「いや、結構です」

「とっておきなさい。あげると言うものは素直にうけるもんです。もっとも葵《あおい》の紋がついているから消してもらわねば困るが……」

　だが翌々日あらわれた時、彼はもうその羽織のことをケロリと忘れているようだった。

彼の口からぼくは所謂《いわゆる》、華族の子弟なるものの生活を屢々《しばしば》きかされた。「あいつ等はしようのない莫迦《ばか》者たちですよ」と言うのが彼の結論であり前口上だった。今でも旧華族の子弟が年一回集まって晩飯を食う習慣がある。そんな時真中に坐《すわ》るのは徳川の一族であり、その両側に親藩出身の連中が座をしめ、それから外様大名の子孫が並ぶ。明治以後の新華族などは末席しか与えられないと言う話だった。

「消費することしか知らない生活無能力者たちですからね」と彼は仲間を口ぎたなく罵《ののし》った。その罵りかたには異様なほどの憎悪がこもり、ぼくは時々、ぶきみな気持さえ感じたのである。

「で、君の方は今、どうやって暮しているんです」

ぼくはある時、常々ふしぎに思っていることをたずねた。勘当され植木屋の二階に住んでいるこの松平家の息子がどのように生活費を作っているのか、好奇心があったからである。

「ああ、それはスンプの寺からとりたててるんだ」

「スンプ？」

「それも知らんのか」青年は唇にうすら笑いをうかべた。

「家康《いえやす》のいた駿府《すんぷ》ですよ。あそこに今でもぼくの家の所領の寺があるからね、その寺のおさめる金だけはぼくがとることを親類から許されているんです」

その親類の中には現在、カナダの大使をしている松平氏もいるとのことだった。来年はひょっとするとその伯父《おじ》を頼ってカナダに行くかもしれぬと彼はひとり言のように呟《つぶや》いた。

そんなある日の夕暮、ぼくは彼をつれて近くに住む評論家のK氏の家をたずねたことがある。K氏は古い系図などにも興味を持っている人だったからだ。松平青年はここでもドストエフスキー論をまくしたてはじめ、温厚なK氏は黙ってそれをきいていたが、やがて流石に疲れたのだろう。

「あなたは能や舞などが好きですか」と話題を転じた。

「舞？　舞なども仏蘭西語と一緒に子供の時から家庭教師がつきましてね」

「なるほど、そうでしょう」K氏は肯いて、「では私が鼓をうちますから一舞い、みせて頂けますか」

この時、はじめて夕暮の暗い翳《かげ》のなかで松平青年の眼が怯《おび》えたようにしばたたいたのにぼくは気がついた。彼は一瞬ためらったが、

「場所をあらためて何時か、おめにかけましょう。こんな所では舞えません」と平然と言いきった。

K氏はにがい顔をして黙りこんだ。

松平青年と知りあって一ヵ月ほどたった時、思いがけなくぼくがその年の初めに発表した小説にある文学賞が授けられた。賞をもらった直後の半月は眼のまわるように忙しいが、その忙しい最中に相変らず訪れてくる彼の相手をするのは、いささかぼくには辛《つら》かった。

「あんたの小説ね、あれ読んだが、あれではまだ弱いな」松平青年はソファに身を埋めながらしゃべりつづけた。「この間もね、石川淳さんの所に行ったのだが石川さんも同感だった。彼は君にこう伝えてくれと言ってたけれどね」

その石川淳氏の忠言を松平青年は一つ一つぼくに伝えはじめてくれた。勿論《もちろん》ぼくは石川氏におめにかかったことはなかったけれども、平生尊敬している先輩作家の忠言である以上、肯《うなず》きながら耳を傾けていた。だが後になってわかったことなのだが、この松平青年、石川淳氏のお宅に一度も伺ったことはなかったのである。彼が糞真面目《くそまじめ》な顔で伝えてくれるニセの批評と忠言とを唇をかみしめながら一言一句も聞き洩《も》らすまいと傾聴していた自分が、思えば我ながら情けない。

のみならず――これは口惜しい以上にどう説明してよいかわからないのだが、ある夜、こんな電話を受けたことさえある。その夜、ぼくは家人が寝しずまったあとも一人、机に向っていた。その時、隣の部屋で電話のベルがなった。

「俺だ。松平です」受話器の奥で彼のかん高い声がした。

「今、石川淳さんと新橋で飲んでいるんです。あることを彼に相談したのでね。話もすんだからあんた今からタクシーでここに遊びに来ないか」

「イヤ、もう遅い」

「石川さんに紹介するんだがなあ。どうしても来られないだろうか」松平青年は考えこんでいたようだったが「じゃ、石川さんに変ろう」

しばらくの間ぼくは受話器を握りしめながら待っていた。だがそれっきり石川淳氏も松平青年も電話口にはあらわれてこなかった。

この夜の一件があった翌々日の朝、彼は肩を怒らせながら、ぼくの家に乗りこんできた。その頃は彼は家人に断らずに玄関からズカズカと応接間にあがるようになっていた。

「一昨夜、ぼくあ、長いこと電話口で待っていたんですよ」ぼくは恨めしそうに愚痴をこぼした。

「イヤ。申し訳ない。石川さんがもうタクシーに乗ってしまっていたんでね。実はあの夜、俺、石川さんに相談事があったんだ」松平青年は腕をくんだまま、ぼくの顔を鋭い眼でじっと窺《うかが》った。「俺、今度、勘当がとかれて会津に戻るかもしれない」

「結構じゃないか」真実ホッとした。ぼくは声をあげた。それは彼のためというよりは、彼の毎日の訪問からやっと救われるかもしれないという期待のためだった。

「だが親類が俺の復帰に条件を入れてね、ある娘と結婚しろと言うんだが……」

「それも結構じゃないか、その娘ってやはり旧華族なの」

「いや、公卿《くぎょう》です」深刻な表情で松平青年は首をふった。

「三条《さんじょう》公爵の娘なんだ」

「見合いをするんですか」

「いや、見合いなどはしなくても同じことです。明日、彼女は乳母と東京に来る。俺たちは日光《にっこう》の家康公の霊に報告に行く。東照宮《とうしょうぐう》に泊って精進料理をたべるのが我々の一族のしきたりです」

「見合いをしなくても結婚するの」ぼくは少し驚いてたずねた。

「我々の家は君等とちがって」松平青年はうつむいて指を額にあてた。「政略結婚にならされてきたからねえ。結婚とはぼくら一族にはそんなものなんだよ」

「断るわけにはいかないの」

「断れば勘当はとかれなくなる。だが俺が苦しいのはそんなためじゃないんだ。俺は……仙台《せんだい》の伊達《だて》の娘にホレとるんだ。あんたも知っているだろうが会津と伊達とは犬猿の仲だから……この方の恋愛はみのりそうもない」

ながい間、彼はうつむいたまま何かを考えこんでいた。それから突然、顔をあげて「あんた、三千円ほど貸してくれないか」と呻《うめ》くように言った。「明日、三条の娘と日光に参るために金がいるんだ」

半ばいつになく悲しげな彼にたいする憐憫《れんびん》と、半ばこうした身の上話をきく感傷から逃れるため、ぼくは言われた額の金を封筒に入れて差しだした。それを無造作に懐中に入れた松平青年はその後もしばらく何か思案していたが、やがてプィとたち上って帰っていった。

少なくとも三、四日は彼の執拗《しつよう》な訪問からまぬがれることが出来る、相手にはわるいが、白状するとぼくは助かった気持だった。彼の襲撃のない明日から、溜《たま》った小さな仕事を早くしあげておきたかったのである。

翌々日の朝、ぼくは徹夜をして朝がた床にはいった。うとうととしたと思った時、例の女中にまた体をゆさぶられた。

「お客さんですよ」

「だれ？」

「松平さんです」

「松平さんがどうして来たんだろう。日光に出かけている筈《はず》だが」

「私にはわかりません」

睡眠不足の眼を掌でこすりこすり、下におりると松平青年は椅子にも腰かけず壁に靠《もた》れていた。顔色がひどく蒼《あお》ざめていた。

「どうしたんです。東照宮から帰ったんですか。顔色がわるいが」

「俺の顔色、わるいですか」彼は白眼をむきだしてぼくを見あげ、「俺の顔色わるいですか」

「三条の娘さんと一緒なの？」

「いや、それが……とんでもない事になったんだ」

よろめくようにソファに腰かけ、彼は時々ぼくの表情を盗み見ながらしゃべりはじめた。

「俺、昨日の朝、日光に三条の娘と水戸《みと》の徳川の息子と三人で出かけたんだ」

「水戸の徳川？」

「家斉《いえなり》の子孫です。俺と同じ年の従兄《いとこ》です」

「はあ……なるほど」

この三人は午後、日光に着くと東照宮に参詣《さんけい》し、婚約の儀を家康公の霊に報告した。東照宮では徳川の一族に精進料理を出すのが習わしである。その精進料理をたべたあと、寺の一室に三人は宿泊したという。一部屋には水戸の徳川君と松平青年とが、隣室には三条の娘が寝ることになった。

「真夜中、俺がふと眼をさますと、隣室で物音がするんだ。みると水戸の寝床が空です。俺、思わず廊下に出て三条の娘の部屋を窺った。簾《すだれ》に月光が斜めにさして二人が争っている影がうつっていたんだ」

この描写はぼくの創作ではない。今日でも彼のその時の一言一句をぼくははっきり憶《おぼ》えているのである。

「で、どうしました」

「俺は……寝床に戻り朝がたまでじっと坐《すわ》っていた。そして……一番電車で……帰ってきたんだ」

「三条の娘さんは」

「知らん。兎《と》に角、この縁組はこれで終りです」

「そんな馬鹿な」ぼくは思わず椅子から腰をあげた。なぜか知らないが、この無神経な男に言いようのない腹だたしさを感じたのである。「君は松平か徳川か知らんがそんな無茶な話がありますか。一人の娘が他の男の手ごめにあっている。婚約者がそれを見ながらじっとしていたとは何です。その上、縁談も終りとはあんまりじゃないか。当人のお嬢さんの気持にもなってみなさい」

声をあげればあげるほどに怒りはぼくの胸に益々《ますます》こみあげてきた。

「あんまり他人の悲しみを知らなすぎる。今日は帰って下さい。ぼくは君の顔を見たくはない」

しばらくの間、二人は向きあったまま睨《にら》みあっていた。ふいに松平青年は眼をそらし、口もとにニヤリと人を馬鹿にしたようなうすら嗤《わら》いをうかべた。

「ふん、庶民の感覚とは……そんなものかなあ。どうも俺などにはわからん」

そう嘯《うそぶ》くと彼はたちあがり、スリッパの音を高くたてながら玄関に戻っていった。

それっきり二度と松平青年は姿をみせなかった。


「拝啓、ながい間、御無沙汰《ごぶさた》しました。ところで今日、手紙を書いたのは実は君にお詫《わ》びをしなくてはならぬことがあるのです。実はいつぞや君に御紹介した名取という青年、その後、色々な方からの話によりますと、とんでもない虚言家らしく、君の家に出かけて根も葉もない出生などを述べたてているかもしれませんが、どうかもうとり合わないで下さい。徳川家の子孫だの松平家の一族だのと言って信用をえようとするのが彼の癖らしく、きっと君にも同じように言っていると思います。御紹介しておきながら今更とり合うなとは私も言えた柄ではないのですが、すっかり瞞《だま》された一人として人を見る眼がなかったと重々お詫びします。ただふしぎなのは彼は虚言をついても金銭をサギすることがなくその点、異常性格者なのかも知れません。才能もないことはないのに残念なものです」

残暑の昼さがり先輩のY氏からの手紙を読み終ったぼくは松平青年と始めて会ったあの日のように畳から起きあがり、掌で首の汗を拭《ぬぐ》った。庭の猿すべりで油蟬が力のない声で鳴いている。コスモスの花の上を秋の匂いをふくんだ風が吹いている。ふしぎにぼくの心は晴れ晴れしていた。別に彼を憎んだり、口惜しがったりする感情は湧いてこなかった。それだけではなく二ヵ月の間、まことと見ごとにひっかかった自分が爽快《そうかい》だった。今になって考えてみればあれこれの言葉にも疑わしい節があったろう。だがその時は夢にも彼を天一坊だとは思ってもみなかった。

(あの男も毎日ここに来てどんな気持だったろうな)

歯のぬけた浅黒い彼の顔や、腕組みをしてソファに身を埋めているその姿や、肩を怒らせて歩く恰好《かっこう》が走馬燈《そうまとう》のようにぼくの脳裏をかすめた。おかしな話だがぼくはこの男にある懐かしさと友情さえ持ちだしていた。

(三条の娘か……月光が簾ごしに斜めにさして水戸の徳川がその娘を手ごめにしている)

思わずぼくは声をあげて笑った。涙がでるほど楽しかった。つまらない味けない毎日の中で、この青年は僅《わず》かな日数だったが、ぼくに旧華族の同窓会の話をしてくれたり、静岡のことを古風にスンプと発音してみせてくれたのである。彼もその知識をしいれるのに大変だったろう。だが今、彼は何処にいるのか。何処をあの着ながしで歩いているのだろうか。

その彼にぼくが久しぶりに再会したのはその年の十二月、師走《しわす》のあわただしい新宿《しんじゆく》でだった。だがそれは旧友に再会したとはいえたものではなかった。

その午後、伊勢丹《いせたん》デパートで買物をしたぼくは包みを手にぶらさげて、歩道に出た。日曜日のことだったから歩道には若い恋人たちや家族づれが楽しそうに流れていく。ぼくもその間に混りながら車道一つ隔てた向い側に渡ろうとした。その時、ぼくはこちらにやってくる人群の中にあの松平青年の姿をみつけたのだった。

彼は項垂《うなだ》れるように眼を路《みち》におとしながら一人で歩いていた。十二月だというのに着ているのはうすい単衣だった。その上、裸の足にチビた下駄《げた》をひっかけていた。たちどまったぼくには気がつかず、彼は肩をおとしたまま横を通りすぎていった。そのうしろ姿はあの夏の日々、ぼくの家に現われた姿にくらべて、あまりにわびしく、孤独だった。

「松平君」

声をかけるべきかどうか一瞬迷ったが、ぼくがそう叫ぶと彼は驚いたようにこちらをふりむいた。それから急に顔をそらせ足早に歩いていった。ぼくが追いかけると彼の足も小走りに走りだした。新宿東宝《とうほう》の細い路地でぼくはやっと彼をつかまえた。

ビルディングの間から冬の陽が弱々しく洩《も》れ落ちている一角だった。彼は肩で息をしながらじっとぼくの顔をみあげた。口は相変らず歯がぬけ、その眼には追いつめられた獣のような哀しさがあった。

「なぜ、逃げるんだ」ぼくも息を整えながら訊《たず》ねた。

「逃げはしない」

「逃げたじゃないか」

「どうしようって言うんだ」

「何もしない。ぼくは君のこと別に怒ってやしないよ。ただ、なぜぼくたちを瞞したのか教えてくれないか」

「何もすることがないからさ。俺は何も信じないから何もする事がない。何もする事がなきゃ、ウソでもつくよりしようがないじゃないか」

その時ぼくはビルディングの間からこぼれ落ちる冬の陽差しの中でこの男の顔が、ぼくのわからぬくるしみに歪《ゆが》むのをぼんやりと眺めたのである。

それから一年たった。読者の中にはまだ覚えていられる方がいられるだろうが、芝《しば》のある由緒ある寺で仏像の盗難事件があった。その犯人は盗品を東京で売り捌《さば》いた後、会津の若松《わかまつ》にとび、そこの宿屋で捕えられたのである。彼は係の刑事に自分は松平家の一族だと述べたてた。

それを報じた新聞でぼくはまた久しぶりにあの松平青年の歯のぬけた顔をみつけた。車中で新聞記者たちに彼が次のように語っている言葉を読んだ。

「東京では遠藤周作とも親しくしていたが今は何も語りたくない」

姉の秘密

K病院の若い医師、岡本が回診をすませて看護婦室によると、届いたばかりの郵便物を整理していた秋山という看護婦が、

「先生の分はこれ」

手を洗いだした岡本はふりむくと、

「そこにおいてくれ給《たま》え」

秋山看護婦が廊下に駆けだしていったあと、彼は新生に火をつけてゆっくりと煙を吐きだした。一仕事終えたばかりの煙草はうまかった。

郵便物は医師会の月報、彼が定期購読をしている専門の雑誌だった。面倒臭そうにそれら味気ない紙の束を指で一枚一枚めくりながら岡本はあくびをした。

「外来の患者さんが二人、気胸をうけにさっきから待っているんですけれど」

また戻ってきた秋山看護婦がドアから一寸《ちよつと》顔をだす。

「今、行く。プヌモの道具、準備しといて下さい」

岡本医師は返事しながら首をかしげた。郵便物の中に一通の封書がはいっていて、それが佐田義夫という見知らぬ差出人からの手紙だったからだ。

(佐田？　佐田義夫。憶《おぼ》えがないなあ)

封筒を開こうとすると今度は別の看護婦だった。

「先生、電話です」

仕方なく封筒を診察着のポケットに入れて岡本医師は看護婦室を出た。廊下には待ちくたびれた顔をした二人の外来患者がたちあがって礼をした。

電話は医学部時代の友人からだった。知人が胸をやられてK病院に入院したいと言っているから宜しく頼むと言うのである。それを承諾して廊下に戻ると、既に外来患者が診察室にはいり、上半身、裸になって彼の来るのを待っていた。

気胸の針をその患者の胸に差しこみながら岡本医師は佐田義夫という名前を思いだそうとしていた。だがどう頭をひねってもその名は記憶の底から浮び上らなかった。

結局、その手紙を開いたのはお昼ちかく、やっと次から次へと現われる外来を捌《さば》いたあとだった。

「突然、お手紙を差上げる失礼をお許し下さい。先生は勿論《もちろん》、私の名をお知りにならないと思いますが、私は先週なくなりました福島光子の弟です。(私たちは二人姉弟《きょうだい》

ですが由《ゆえ》あって姉は子供の時、叔父《おじ》の家に養女にまいりましたので私と姓もちがうわけです）

姉が入院いたしましてからは先生を始め病院の皆々さまにひとかたならぬお世話になりましたことはお礼の申上げようもありません。本人も最後は自分の運命と思ったでしょうし、たとえ手術の結果がどうであれ私も先生の御尽力に感謝するだけです。

しかし今日、先生に手紙を書きましたのは、このことと一緒にもう一つのお礼を申上げたいからです。それは先生が姉を愛して下さったということです。

私が姉と先生のことを始めて知ったのは彼女が手術をうける前の日でした。その日、私が母や叔母《おば》と共に病院に見舞いにまいりました時、姉は起きあがって何かノートに書きこんでいましたが、私たちをみると顔を赤らめてあわててそれを布団の中にかくしました。

『いけないじゃないか。手術前、そんな疲れるようなことをして』

と、私が難詰《なんきつ》しますと、

『いいの。いいの。ほっといて』

明日の大事に心が弱くなっていたのでしょう、少し涙ぐんで首をふりました。私はひょっとして姉がつまらぬ決心をして遺書めいたものでも書いていたのではないかと思い、

『くだらん思い過しはよせや』と言ったのです。

母と叔母とが明日の手術の支度で病室を出たあと、私たちは二人きりで黙って向き合っていました。姉の不安や恐怖を少しでも和らげてやるため、私はなにか冗談を言おうとしましたがよい言葉もうかびません。窓の向うの冬の空が少しずつ薔薇色《ばらいろ》に暮れていくのを私はただ、ぼんやりと眺めていました。考えてみると五年間の間、療養所から療養所へ転々とし、その揚句、この病院で生死をきめる大手術をうけねばならぬ姉の人生が私にはひどく惨めな可哀想なもののように思われてきたのです。

『勇気をもてよな。案ずるより生むが易《やす》しさ』

それ以外、言うべき言葉がないので私がそう呟《つぶや》きますと、姉はおくれ毛を指でかきあげながら、

『義ちゃん、心配しなくてもいいのよ。あたしは今、随分、倖《しあわ》せなんだから』と微笑しました。

『そりゃ、人間の幸福なんて思いようだねえ』と私は肯《うなず》きました。『でも姉さんだってこんな時、俺たちではなく、もっと勇気をつけてくれる恋人がほしかったろう』

姉はうつむいて黙っていました。それから急に顔をあげて、

『姉さんが倖せなのは、愛してくれる人がいるから。母さんや義ちゃんにはまだ話さなかったけれど』

私は茫然《ぼうぜん》として姉の顔を見上げました。こんなことを姉が言うとは夢にも考えていなかった。元来、気の弱い、オドオドとした性格の上、弟の眼から見ても決して器量がよいとは言えぬ姉に恋人がいるなどとは夢にも考えていなかった。体が丈夫ならとも角、両肺とも空洞ができている姉は手術が成功したとしても生涯、独身で終らねばならないだろうと私はいつも悲しく想像していました。

『信じないでしょう。信じない筈《はず》ね』

姉はその私の顔色を窺《うかが》うと幾分、自嘲《じちょう》的にそっぽを向きました。

『信じるさ』私は私で懸命に肯きながら、『でも、あんまり急に打明けるからさ。……その人だれ。この病院に入院している患者さん？』

『ちがうわ』

きびしい声で答えると姉は首をふり、そして思い詰めたように病室の窓のむこうの次第に暮れていく黄昏《たそがれ》の空を眺めていました。その空には病院の炊事所の煙突から洩《も》れる煙がゆっくりと流れています。

『だれさ。教えろよ』

『今は言わない。でもその人、私のことを好いて下さる。私にはそれがわかってる』

『名前だけでも言えよ』

『手術がすんだら、ね』

瞬間、私は先ほど姉があわててかくしたノートに、その人のことが書きつづられているのだという気がしました。

そうだったのです。先生は勿論、憶えて下さっているでしょうが、翌日の手術は八時間もかかりました。私たち家族の者はその間、手術室の前で神というものがあるなら、それを信じたい気持で腰かけておりました。看護婦さんが時々、廊下に出てこられて手術の進捗《しんちょく》状態を一つ一つ、知らせてくれました。

昨日と同じように冬の日が暮れ、空がふたたび淡紅色《とき》にそまり、それから蒼《あお》ざめていきます。昨日と同じようにこの空に炊事所の煙突の煙がゆっくりと流れていきます。私は思いがけない姉のあの告白をふたたび心に思いだしながら、今、彼女は苦痛に耐えながらその人の姿を求めているのだろうと考えました。それは一瞬でしたが私の不安にみちた心を慰めてくれました。

あの時のことはまだまざまざと憶えています。突然、看護婦さんが血相をかえて手術室から走り出ていきました。驚いた私たちには声もかけず彼女は廊下のむこうに駆けていったのです。それから白い手術帽をかぶった本多先生が顔をドアからそっと出されました。

『容態は？』と叔母が大声をあげます。

先生は蒼い顔をして弱々しく首をふられたのです。

それから――それから夜がふけていきました。蠟燭《ろうそく》をたてその暗い灯影《ほかげ》の中でまだ、すすり泣き続けている母や叔母に代って、急をきいて駆けつけた叔父と私とが故人の身の周りの品をトランクにしまいました。体温計、洗面道具、下着、コップや皿、古いリーダーズ・ダイジェスト――それら全てつまらぬ品物の一つ一つも姉を思いださせます。トランクを整理しているうち、泪《なみだ》がおのずと頰を伝わります。夢をみているのだ。これは夢なんだと言いきかせようとします。姉が死んだという明確な事実がまだ私には感覚的にはっきり吞《の》みこめないのでした。

枕カバーをはずしている時、急に姉のあのノートのことを思いだしました。昨日、姉はあのノートを敷布団の下にかくしていた。気がつくと私は叔父に知られぬように布団をめくってみました。

ノートはそこにありました。学生の私が（申し遅れましたが私はただ今、C大の法科に在学中の学生です）使うような横線のはいった大学ノートです。表紙には少しインキのかすれた姉の筆跡で『病床日記』と書いてありました。私はそれをそっとトランクの奥にかくしたのです。なぜ叔父や叔母、それに母までにこのノートのことを知らさなかったのか。ただ一人の弟にだけ秘密を告白してくれた姉の気持を大事にもしたかったからなのです。

ひとりになった時、私はそのノートを読みました。そして姉の愛していた、また姉を愛して下さった人が先生だったということを始めて知りました。先生がこの手術は必ず成功させてみせる、自分の愛情にかけても成功させてみせると姉におっしゃって下さったことも――また体が恢復《かいふく》したら必ず婚約しようと励まして下さったことも、姉は感動をこめて書きつづっておりました。あれほど内気で臆病《おくびょう》な姉がこれほど情熱に燃える女だったのかと私は今更のように驚いたのです。姉自身もこの手術に耐え、この手術からふたたび健康な体になるのはただ先生のためだと思っていたようです。『あたしは今、随分、倖せなのよ』と呟いたあの姉の気持が私にもはっきりわかるような気がしました。

私はこの秘密を母や叔父、叔母にうちあけようかと思いました。しかし、昔風の叔父や叔母のことですからもし先生に御心配をかけてはいけないと思い、未《いま》だに黙っている次第です。しかし、私の一存で先週、葬式の御案内だけは病院宛《あて》、先生に差上げました。式場で先生をお探ししたのですが遂《つい》におめにかかれなかったのは厚かましい言い草ですが残念でした。きっと急だったため先生はあの葉書を葬式後に御覧になったのだと思います。

姉ももはやこの世にはない人間ですから先生にいつまでも心の御負担をかける気持はありませんが、一度だけでも墓を参ってやって下さい。お電話を下されば私が御案内させて頂きたいと思います。私も姉を愛して下さった先生におめにかかりたいのです。姉の墓は多磨《たま》墓地にありますが、その場所をお知らせしておきます。それは……」

岡本医師は手紙を読み終ると、ぼんやりと窓の外を眺めていた。それからその窓に近寄り、額を窓硝子《ガラス》にあててじっと動かなかった。

「どうした。何を考えとる」

ふいに声をかけたのは同じ第三研究室にいる雑賀《さいが》医師だった。彼は紙に包んだ患者の痰《たん》コップを片手にもって眼鏡の奥から訝《いぶ》かしげに岡本の姿をみつめていた。

「いやね。あの福島という女の患者」岡本は眼をしばたたきながら呟いた。

「あの患者がどうした」

「あれはまだ化学療法で空洞を固めた方がよかったかねえ。手術が早すぎたのじゃないかしらん」

「今更、仕方ないさ。俺たちも最善は尽したんだから」

一ヵ月後の日曜日、岡本はK電車に乗って郊外の駅をおりた。その駅からは多磨墓地まで徒歩十分ではいれる。

古びたオーバーに両手を入れた彼は、墓地の入口に近い花屋に足をとめた。そして、その花屋で幾本かの花をつつませた。冬の陽がその花屋の硝子窓に反射している。

「この墓はこちらからはいるのかね」

岡本がポケットから出した皺《しわ》くちゃの手紙を主人にみせた。

教えられた通り彼は赤松の生えている広い墓地の中にはいっていった。さまざまの形の墓石が幾列にも並んでいる。途中で家族づれの人々にも出あった。

福島光子の墓はすぐわかった。昨夜来の雨のためか、まだ生木《なまき》も真新しい墓標を埋めた地面は黒く湿っている。岡本は花束をその地面の上におき、それから手を合わせて合掌した。

どう祈ってよいのかわからなかった。ただ両手をあわせ、頭をさげた後、彼は眼をしばたたきながらしばらくの間、その墓をじっと見つめていた。

本当にやむをえなかった。化学療法をもう少し続けるべきだったかも知れないが、たとえ続けたにせよ、あの患者の菌は既にヒドラジッドにもストレプトマイシンにも抵抗力ができていた。気胸は気胸で肋膜《ろくまく》が胸壁についているため不可能だったのだ。両肺の手術は危険にはちがいないが、この光子の場合はそれ以外、有効な処置はなかったのである。

古オーバーのポケットに手を入れて、岡本は彼女の手術の日のことをまざまざと思いだしていた。あの弟が書いた通りだ。本多教授のような熟練者が最善をつくして失敗したのだから、運命と考えてもらうより仕方がなかった。墓にもう一度、頭をさげると彼は靴底のへった靴を引きずりながら、今来た門にむかって歩きだした。心はもう一つのことで重かった。患者の弟であるあの佐田義夫に会うべきだろうか。それとも手紙で返事を書くべきだろうか。その時、彼は入口の門のかたわらに一人の制服を着た学生がたちどまってこちらを見詰めているのに気がついた。背のひくい、しかし如何《いか》にも生真面目そうな表情をした大学生だった。岡本が、その横を通りすぎようとすると、学生は一寸《ちょっと》ためらったが、「あの……」と声をかけた。「失礼ですが岡本先生ですか」

岡本が驚いてたちどまると、学生は嬉《うれ》しそうに白い歯をみせて笑った。「さっきから先生じゃないかと思ってたんです。──佐田です。この間、お手紙を差上げた佐田です」

岡本は眼をしばたたきながらこの青年をじっと眺めると相手は更に、

「よく来て下さいました」

「いや……ぼくが来たのは」岡本は苦しげに呟《つぶや》いた。「それがねえ……」

「わかってます。来て下さっただけで嬉しいんです。きっと姉も悦《よろこ》んでいると思います」

たたみかけるように、こう言われると岡本はそれ以上、言葉を続けることができなかった。彼は途方に暮れたように足をとめ、ポケットに手を入れ煙草の袋をさがした。

「少し……歩きませんか」やっとこう言うと、岡本医師はもみくちゃの煙草を口にくわえて、「実はお話したいことがあるんです」

「ええ」

「実は君の手紙をもらって……信じてはもらえんかも知れませんが……はっきり申上げねばならんことがあるのです」

　こちらを見あげている青年の不安そうな視線が彼の頬に痛かった。しかしそれを我慢しながら岡本は続けた。

「実は……君の気持も傷つけると思いますが姉さんは誤解していられた。ぼくは医師として姉さんを患者以上の特別な人とは考えていなかったし……申し訳ないが信じて下さい……」

「………」

「お手紙に書かれたような約束も激励も一言だって君の姉さんに与えたことはない。率直に言うと、そういった感情は一度も持ったことはない」

「わかってるんです」突然、学生はそう叫んだ。「それをおっしゃらないで下さい。ぼくにもわかっていたんです」

「わかっていた？　わかっていたなら何故あんな手紙をくれたのですか」

「あのノートを読んだ時」赤松の幹に顔をかくしながら、学生は呻《うめ》くように言った。

「私は姉が哀れだったのです。ノートに書かれた先生との毎日が姉の悲しい空想だということはぼくにはわかっていました。短い一生の間、療養所から療養所へ転々とした姉に恋人のある筈《はず》がありません。あの夕暮、私にウソをついたことも知ってました。でもそんな空想をしたり、せめて弟には、その空想を本当のように聞かせたい姉の心もわかるような気がしたんです。でもながい入院生活で青春を失った姉はどんなに恋人がほしかったでしょう。苦しい手術のなかでも、その人の面影を求められるような恋人がきっとほしかったんです。姉が先生をひそかに好いていたことは事実です。でもそれをうちあけるほど勇気も自信もない彼女はあんな日記を書いては一人心を慰めていたんです」

岡本はうつむいたまま、黙ってその言葉をきいていた。彼は第二病棟の端《はし》に入院していたあの福島光子の顔を——まるい平凡な顔を思いだしていた。

「その姉の気持をせめて先生に知ってもらいたかったので……私は自分までが信じたような手紙を書いたんです。どうか許して下さい」

「いいんですよ」

岡本は首をふって微笑した。「少しでも、お役にたったんだから満足です」

青年と別れたのち、岡本は古オーバーに両手を入れたままK電車の駅にむかって歩いていた。俺は善《よ》いことをしたのか、それとも悪い医者だったのか、彼はぼんやりと考えたがわからなかった。岡本医師はもう一度、あの丸い平凡な福島光子の顔を心に思いうかべていた。

爪のない男

I

八年まえ、まだ留学生として仏蘭西《フランス》にいた時の話である。ぼくは爪のない片手をもった男に出あった。

大学の夏休みを利用して、ぼくはスイスと仏蘭西との国境にちかいシャモニーの町を訪れた。ヨーロッパでいちばん高いといわれているモンブランの巨山は、まぶしい陽の光にさらされながら、まるで白い巨象のようにこの避暑地の町のすぐ前にそびえていた。

赤、黄、青、さまざまの色彩をもったバンガローや別荘やホテルのかたまったシャモニーの町は、まるで童話に出てくる都市のように美しい。町をとりまく落葉松林《からまつばやし》にねころんで、モンブランの山に鳥の翼のように影をおとす雲のながれを見ていると、風にのって鈴の音がきこえてくる。あれは岡の斜面につくられた牧場で草をはむ牛の首の鈴である。

ぼくは昼はそうした牧場や落葉松の林を歩きまわり、夜になると旅館の一室で、モンブランに関する大きな写真入りの一冊の本を、眠くなるまでひろげるのだった。

欧州一の最高峰だけあって、この巨大な山にはいろいろふしぎな物語や伝説があった。その中でも、ぼくの興味をいちばんひいたのは、モンブランの『悪魔の地点《ポワン・ド・サタン》』についての話である。

悪魔の地点というと、なにかアルピニストを悩ます鋭い断崖《だんがい》絶壁をわれわれに連想さすが、その地点は決してそんな場所ではなかった。いや、ふつうの登山客がケーブルでおりる登山地点から七、八百米、少し鋭い谷を西北にのぼった氷河のあとが、こんなおそろしい名前でよばれているのであった。

二年に一度か、三年に一度、この地点では必ず遭難がある。おもにそれは単独か、まれにふたりづれの登山客に起る事故なのである。

遭難といっても、落石や雪崩《なだれ》によるものではない。二年に一度か、三年に一度、犠牲者の登山者はその地点で忽然《こつぜん》として消えうせ、二度と、ふもとには姿をあらわさぬというのである。そして、その死体も永遠に出てこない。雪崩や積雪による遭難者の死骸《しがい》は多くの場合、春の雪どけをまって捜索隊に発見されるものだが、この悪魔の地点に消え去った人間だけは、二度とその遺体も遺品もみつけることはできないのだという。

その夜ぼくは異常な気持で、この『悪魔の地点《ポワン・ド・サタン》』の話を読み終った。日本にも『神かくし』というふしぎな出来事が、現代の世の中にあると耳にしたことがある。ある会社員が、朝、出勤の途中、突然、行方不明になる。家人にもその原因がわからない。自殺すべき理由も他人からうらまれる理由も毛頭ない。そしてその死体も永遠の謎のように発見されない。

その神かくしにもにた、このモンブランでの伝説は、しかしひとつだけ事情を異にしているものがある。それは行方不明になる場所がはっきりとしているという点だ。

……旅館の窓をあけ放していたので、窓のむこうの夜の闇から、大きな蛾がベッドのランプを慕ってとびこんできた。ぼくは火を消し、その闇の中でつぶやいた。(もし機会があったらな。その悪魔の地点がどんなところか、一度みておきたいものだな)と。

II

今、考えるとそんな無鉄砲な考えをじょうだんにしろ、心の中で起すべきではなかったのだ。というのは、そのチャンスがそれから二、三日後の夜の時に訪れたからである。

その日、散歩をしすぎて、旅館にもどるのが遅かった。旅館には小さな食堂が階下にあって、ここに泊っている数組の滞在客は幾つかの割りあてられた食卓で晩飯を食うことになっていたのである。

ほこりまみれの靴をカーペットでぬぐって食堂に入ると、ぼくの食卓はみしらぬ中年の男に占領されていた。がっちりとして、陽にやけた、いかつい顔の男である。ネクタイもつけず、少し色のあせた紺色のYシャツを着て、そのYシャツの襟の間からかたそうな胸毛がのぞいていた。

ぼくは少しとまどったまま食堂の入口にたっていた。そのぼくのかたわらへ旅館のマダムが気の毒そうな表情であやまりにきたのである。要するに、あの食卓であの男といっしょに食事をしてくれないかというのである。

男は東洋人のぼくをしばらくの間、好奇心のこもった目でジロジロとながめていた。失敬なことには、彼のくちびるのあたりには、いかにも人を小ばかにしたようなうすら笑いがうかんだのである。

こちらも一言、二言、あいさつのことばを口にしたまま、女中の運んできたオニオンのスープを口に入れていた。すると、

「山に登りにきたのかね」

突然、横柄な口調で、この男が話しかけてきたものである。

「いいえ」ぼくは首をふった。

「あんたは登山客ですか」

「おれが……おれはガイドだぜ」

男はうす笑いを口にうかべ続けたまま、

「モンブランのことならおれの家のことよりも知っているつもりだ」

それから話がとぎれ、彼はあい変らずぼくを見つめたままフォークを動かし、こちらはスープを黙ったまま、すくっていた。その時、ぼくの心には、ふいに、この山のガイドという男にあの悪魔の地点という場所が本当に存在するのか聞いてみようという衝動が起ったのである。

「悪魔の地点《ポワン・ド・サタン》か」

男は血のように赤いブドー酒を飲みほすと、うすら笑いを、ほおから消そうともせず答えた。

「行きたいのかね」

「まあ……あまり不思議な話だから」

「まあ、あんたのような素人はよしたほうがいいな。万一ということもあるしな」

と彼は人をこばかにしたような顔をした。

「あんたも信じているんですか」

「信じているんじゃない。おれはあの地点で恐ろしい目にあったひとりだ」

それから彼は突然、白いテーブルクロースの上にフォークをおいて、大きなあつい自分の手をみせたのである。

思わず、ぼくは目をそらした。彼の右手の五本の指には……そう……爪というものがまったくなくて、その跡がまるで腐った果物の種のような色をしていたからである。

「あれは五年まえのことさ……」

と男は話しはじめた。

「おれはその夕暮、もう一人の客とあそこを登っていた。こっちはそんな話は信じなかったし、それにその客というのがひどく好奇心の強い男でね……ぜひその場所に行ってみたいと言張るんだ。……

なに、その場所というのは、何の変哲もない斜面なのだ。ただ北側がふかい谷になっていて、その谷の下には、むかしの氷河の跡が残っている。窓からはモンブランの一群の峰が真白に、はっきりと見えるんだ、夕暮の光がその真白な峰にあたって、おれたちはしばらくの間、その薔薇色《ばらいろ》の色彩をぼんやりながめていた。その時悪魔の地点という例の伝説はまるっきりウソだと思ったね。なぜって、すばらしく美しい景色のなかに、いくら何でも悪魔のような不吉なものが入りこむすきはないと思ったからさ。おれはもう少しはっきりとむかいがわの峰を見物してやろうと、崖《がけ》のすれすれまで進んでみたんだ」

そう言って、男はしばらく口をつぐんだが、再び話を続けた。

「その瞬間だ。おれは突然、背後でいっしょに登ってきた客のあっという悲鳴のような声をきいたんだ。ふりかえろうとしたとたん、こっちの足がすべり、体は下の谷に宙ぶらりんになったんだ。右手の指が岩の割れめの間にはさまっていなければ、おれはそのまま下の谷底に落ちていっただろう。とにかく、一分が一時間のように長く感じられたね。おれが子どものころからの山男でなければ、とてもはいあがれなかったな。割れ目に入ったおれの五本の指先は岩との戦いで血みどろにつぶれてしまっていたんだ。だが最後の力がおれを救ってくれた。そして、やっとの思いで崖の上にはいあがった時……」

それから男はおびえたように暗い目でぼくをじっとながめた。

「あんた、こんなことってあるかい。おれといっしょにきた客の姿が影も形もないんだぜ。おれはやつがおれを救うために、だれかを捜しにいったんだと思った。ところがやつはおれが崖に宙ぶらりんこになっていた三分か四分の間にまったく消えうせてしまったんだ、悪魔の地点の伝説通り……」

「ほんとうかね」

ぼくは急におかしくなって笑い声をたてた。相手の話がばかばかしかったからである。「じゃ、出かけてみな、おまえさんだって、あの男のようになるかもしれないぜ。

なんならおれが案内してやってもいい」

男のほおにはまた、あのいやなうすら笑いが浮んだのである。しかしぼくには、彼がウソをついているのがよくわかっていた。

Ⅲ

その翌日の——あの話と同じような夕暮だったが、ぼくと彼とはその悪魔の地点まで、かなり急な傾斜を登っていた。もっともこのコースは別にロック・クライミングなどをする必要はないので、ぼくらの用意はごくふつうのものだった。

ぼくはもちろん、荒唐無稽《こうとうむけい》なこの爪のない男の話を信じてはいなかった。ただ、そんなできごとのあるといわれている場所を、話の種にちょっとみておきたかっただけである。しかし、やつはこちらがすっかりだまされたと思ったらしく、例のうすら笑いをほおにうかべて、ときどき、息のきれたぼくをふりかえった。

「さあ、もう少しだが……」

空は夕暮の光が少しずつ拡がりはじめる時刻だった。ぼくたちの登る道の周囲は、灌木《かんぼく》がむらがり、どこからか鳥の声さえきこえてきた。男の話通り、悪魔の地点にふさわしくない、あまりに明澄な風景だったのである。ぼくはすべての伝説の場所とは、結局、失望の場所だということわざを思いだしながら、男のあとに従っていた。

「ここだな。約束のガイド料をもらおうかね」

のぼりつめた男は、ニヤニヤ笑いながらぼくに二千フランの金を要求した。畜生、つくり話にうまくひっかかった、というのがこちらの実感だった。

すぐ向うのモンブラン支峰の一つに、夕陽があたっている。真白な峰が薔薇色にそまって、ぼくたちの影がそこに動いているのをぼくがながめていると、

「もっと崖のところまで行けば、はっきり見えるぜ」

金をもらったので、おせじのせいか、男はそんな愛想を言う。

「あんたみたいに落ちないかな」

「大丈夫さ、気をつけていりゃあ……しかし、おまえさんは」男は急にへんなことを言った。「山にくるのに金をたくさん入れた財布をもってきたな。落したらあぶないぜ」

ぼくは黙って崖の上まで歩いた。そこから下はなるほど、かなり深い谷になっていた。谷の下は氷河の跡である。

ぼくの影が向うの白い山はだに映っていた。それはまるで子どもの時見た、影絵のようだった。ぼくはもう悪魔の地点のことなど忘れて自分の影を見つめていたのだった。

その時、突然、――ぼくのうしろからふたつの手の影があらわれたのである。

その手の影は五本の指やひとつひとつの長い爪先まで、すっかり拡大されて……しずかに少しずつぼくの首をはさむようにのびてきたのだ。あきらかにぼくをしめようとする手だった。

小声をあげて、ぼくは背後をふりむいた。男は十メートルはなれたところに、こちらをみながらうすら笑いを浮べてたっていたが、

「どうしたい」

「あんたは……」

息をつまらせてぼくは言った。

「今、なにをしたんだ」

「なにもしやせんぜ」

「長い爪のある手がぼくの首を……向うの山はだに影がうつったんだ」

「ばかな」

しかし男は恐怖におびえたように、あたりをみまわした。事実、ぼくら以外にだれもそこにはいなかった。

長い爪のある両手が……と再び言いかけてぼくはアッと思った。あれはやつの手ではない。やつの右手には爪がないからだ。するとあの手はいったい、だれの手なのだろう。

悪魔

ぼくの名は梅崎太郎、年齢は二十八歳、職業は——職業と言うのは聊《いささ》か恥ずかしいが——モテサセ屋です。

モテサセ屋というのが生き馬の眼をぬく東京でもあまりない商売だから御存知ないむきも多いと思うから、一寸《ちょっと》、説明しておきましょう。

モテサセ屋は文字通り、お客をモテさせる商売である。と書くと吉原《よしわら》のホウカンなどを連想する人も多いと思うが、ああいう時代と共に消えていく非近代的な斜陽職業ではない。ぼくの仕事はもっとスマートで現代的だ。

かりにあなたが酒場やキャバレーでこれと思った女にぶつかったとする。なんとかして彼女を手に入れたい。しかし気が弱く、非力なあなたはどうも自信がない場合はぼくの事務所に（正直に言うと事務所はまだできていない。今のところ、ぼくのアパートと書いたほうが正直なんですが……）電話をください。モテサセ屋であるぼくは早速、あなたのところにお伺いいたします。そして必ずや、彼女をあなたのものにさせるよう努力する。

お値段は契約料として二千円いただく。これは不幸にしてぼくの努力がみのらず、彼女があなたの手に入らない場合でも、手数料として頂くが、こういう最悪の場合はめったにないから御安心ください。

それよりも値段の差はお客さまのくぎられた期限によって違ってまいります。かりにあなたが短気で情熱家で、

（俺あ、とても一ヵ月も待てねえ。どんなに遅くても一週間以内にあの女を自分にホレさせたいな）

そう、お思いの場合は、お値段もズンとはってきます。一週間にたいしては二万円いただくことになっている。それから交通費や仕事のための費用として別に五千円、お願いする仕組です。

（えッ。二万五千円。高いじゃねえか）

いや、高くはないですよ。せいては事をしそんずるという諺《ことわざ》もあるでしょう。女を惚《ほ》れさす場合だって同じだ。それを一週間以内で強引にそちらさんの腕に彼女を押しこみ、夢中にさせるんだから二万五千円ぐらい、あんた、高くはないでしょう。第一、気が弱いあなたが彼女の気をひくため、御飯を奢《おご》ったり、ハンドバッグの一つも買ってやったりしたとしてごらんなさいよ。二万や三万の札は飛びたつ鳥のように飛んで

いくもんだ。二万五千円、決して高くない。

ぼくのところでは一週間以外は一ヵ月単位で切っているが、一ヵ月でもよいとお思いのかたは一万円、二ヵ月のかたは五千円のお値段です。二ヵ月もかかれば、どんな女性でも必ずやあなたにホレさせてみせますよ。

だからこんな現代的な商売はないとぼくは思っている。もし、あなたが酒場やナイトクラブで、自分にはとても手におえないが咽喉《のど》から手がでるほど欲しい女の子にぶつかったならばぼくの名を思いだしてください。ぼくの名は梅崎太郎と言いますから。

本当のことを言うと、この仕事、一ヵ月ほど前に開業したばかりなんだ。今まで勤めていた小さな会社が今年の不景気で金づまりになり人員を整理しなくてはならず、ぼくはおっぽり出されてしまった。雀の涙ほどの退職金で、仕方ないからジャンパーを着て、ポケットに手を入れて銀座《ぎんざ》のアシベやテネシーのようなジャズ喫茶で毎日、時間をつぶしていたんです。日が暮れて銀座もうす暗くなり、歩道の上を風が吹いてうすよごれた紙をころがすが、何処にもうまい話は落ちてない。それからさっきまでしめていた酒場の戸がやっと開いて化粧した女が出入りする時刻になります。そんな女たちの姿をぼんやりみていた時、奇跡のようにこの資本金の一円もいらない商売が心に浮んだんです。

「もし、もし」

とぼくはたった今、デゼスポワールという酒場から出てきた高級会社員らしい二人の男に声をかけました。銀座の夜も十一時ちかく。名物の石焼きいも屋が並木通りをながす時刻です。

二人の男は少し怯《おび》えたような表情をしてこちらを見つめました。ジャンパーを着て、ポケットに手を入れたぼくを愚連隊か、エロ写真売りと間違えたのかもしれません。

「なんだ」一人の男が虚勢をはって「なんだ。君は」

「私はモテサセ屋です。もし、お客さんがですよ……」

ぼくは自分にとって初めてのお客さんに一生懸命、この商売について説明しました。だが二人の男は疑いぶかそうな眼でぼくを眺めまわした揚句、

「ふん、馬鹿馬鹿しい」

「しかしですよ。お客さん」

「いいよ、ムダだよ。ムダ。……おい、三浦君行こう。行こう」

肩をそびやかせて去ってしまいました。馬鹿野郎とぼくは地面に唾《つば》を吐きました。どうせ手前《てめえ》の懐ではなく会社の金で飲むてあいだろう。どうも東京のインテリは人間を信じることができないから始末に負えない。
三、四回こうして次から次へとぼくはフラれていきました。連中たちの面《つら》を見ます

とそう女にもてる顔でもないのに、モテサセ屋を必要としないのは、単独で女性たちを手に入れる力倆《りきりょう》があるからでしょうか。そうは思いません。でなければ彼等がプレイボーイ入門なんていう本を争って買う筈《はず》はないのですから。

五回目にやっと臆病《おくびょう》そうな男がこちらのカモになりました。これも他の連中と同じように物ほしげな顔で酒場に入り、いい加減ふんだくられたのでしょう、情けない顔で酒場から出てきた一人ですが、縁なし眼鏡をかけてヒョロリとしたおひな様のような顔の男でした。

その時はぼくも新商売に少し絶望しかけていました。だから料金も大引きに値引して半額にまけるつもりだったのです。

「ふうーん。すると何やねえ」とそのおひな様みたいな男は靴で地面をこすりながら外套《がいとう》のポケットに手を入れたまま呟《つぶや》きました。「それだけのお金を払《はろ》うとれば、君あ、ぼくをあくまでモテさせてくれる、言うんやな」

「勿論《もちろん》です」

「そやけど、二ヵ月分で二千五百円は高いワ。どうや、二千円に負けんかね」

この客は大阪から出張してきた人とみえて、ガメツク値切りました。

「二千円ですか。そりゃあ酷だ」

「さよか」相手は縁なし眼鏡の奥でずるそうに眼を光らせながら「そんなら頼まんわ。

俺にいい考えがあるんやけど」

結局ぼくは渋々と承知しました。ところが男の出してきた条件というのが、実に通俗的なアホくさい方法なのです。

「あと三十分したら並木通りのニュー・ナインという酒場からぼくと彼女が出てくるさかい」

「はア」

「そしたらものかげから君が出てきてな、ぼくにインネンつけてほしいねん」

「インネン」

「そや」

彼が酒場の女性を半時間後に連れだす、どうせ女のアパートまで送ってやるとでも言うのでしょう。暗いものかげからぼくがおどり出て彼と彼女を愚連隊のようにおどかすわけです。すると彼がぼくをノックアウトして、女にいいところを見せる。そういう話がきまりました。

「しかし、お客さん」とぼくも条件をつけました。「ぼくをノックアウトすると言っても本当に撲《なぐ》らんで下さいよ。こちらは上手に倒れてあげますから」

「わかっとるワ。心配せんとけや」

前金の千円をもらうとぼくは酒場ニュー・ナインの扉に吸いこまれた彼を待って近

くの電信柱のかげにかくれました。深夜の銀座はかなり冷えこみ、行儀の悪い酔客がここに放尿していったのか、甚だ嫌な臭いが漂ってきます。モテサセ屋もやってみれば、なかなか楽な商売ではないのです。

約束通りおひな様はニュー・ナインの小猫のような顔をした女給を一人、片手で抱きかかえるようにして酒場から出てきました。約束通り、ぼくは愚連隊のまねをしてジャンパーのポケットに両手を入れ、肩を左右にふり、口笛を吹きながら二人のそばにグイと寄りました。

「ちょッ、ちょッと。お安くねえじゃねえの」

「なんやね、君あ」

「なんやねとはなんだね。さっきからガンヅケしやがってよオ。挨拶《あいさつ》してもらおうか。挨拶」

「挨拶、ぼくが……フ、フ、フ、やめたほうがええて」

「ほオ……おもしろい」

「ケンカをやる気。やめとけや。やめとけ。ぼくあ、強いんやで、フ、フ、フ」

なにが、フ、フ、フだ、と思いましたが相手はいい気になって、映画で聞いたようなタンカをきっていました。こちらは千円もらった手前、懸命に芝居をしなければなりません。

ぼくは一撃、彼にくらわせました。いや、勿論相手に当らぬように右フックのまねをしただけです。ところが彼ときたら、あれほど頼んでおいたのに、こちらの頰と口とに、二発本当に撲《う》ちこんできたのです。ヒョロヒョロのやさ男ですからそれほどの力はありませんが、やはり撲られればこちらは痛かった。

「や、やくそくがちがう……ですよ」

「今になって何、言いよんね」

驚いたことには彼がつれてきた酒場ニュー・ナインの女……これが小猫のような顔をした小娘でしたが我々の芝居をすっかり本気にして、いきなり自分のハイヒールをぬぐと、それを右手にもち、グワアン、ぼくの脳天を嫌と言うほど撲りつけたんです。流石に梅崎太郎ことぼくも、ふらふらっと電信柱に倒れかかりました。

「ふん」おひな様はえらそうに「口ほどにもない奴ちゃな。銀座の虫はこうして退治してやるワ。大阪の中川糸吉、この名をようおぼえとけや。ぼくのこっちゃで……ミイちゃんおおきに。でもぼくと一緒ならどんな奴がきても、この通り、大丈夫やよ。いこ、いこ」

「せ、せ、千円、くれ」

「なに、ぬかす」

残金の千円もくれず、二人は姿を消してしまいました。結局ぼくは撲られ損で初めの千円しか手に入らず、それも五百円、頭のコブの治療代に赤チンやぬり薬を買いましたから馬鹿馬鹿しい限りです。

開業して一ヵ月のあいだ、いいお客さんもありましたが、今お話した中川糸吉のような有難くない客にもぶつかりました。それにしても男というのはどうして女の前でああも見栄《みえ》をはり、自分を偉く、偉くみせたがるのでありましょう。そしてこの見栄のためには男はまるで七歳のガキと同じように幼稚な頭脳しか持ちあわせていないようです。

そうそう。こんな客もいました。名前はたしか楠本憲一とか言う人でこれは一ヵ月でキャバレー・マリアンヌの女性の一人を射とめたいと申込んできた中年男でしたがこの人は、ぼくを「マリアンヌ」につれていって自分を社長とよばせ、ぼくを自家用車の運転手にしたてたものです。そしてぼくも女も彼を社長、社長とよんでいるうち、自分自身が本当に社長になったつもりか、

「おいおい、梅崎、もう十分ぐらいで引きあげるから、お前、車を大通りにまわしとけ」

自家用車どころか本当はタクシーにも乗らず新橋駅から中野の自宅まで電車で戻るくせにこういうことを言うのです。それでも足りぬのか、内ポケットから手帳をだして覗《のぞ》きこみ、女たちに聞えよがしに、

「ふん、明日は工業クラブで河野一郎君と昼飯か。そのあとが築地《つきじ》の金田中《かねたなか》で会合と……こう会合つづきでは体がもたんよ。アッ、ハッ、ハ」

などと呟いてみせたものでした。そして通りで二人きりになると、麦酒《ビール》が六本、オードブルが二つ、女の子の飲んだジュースで五千八百円もとられたと、いつまでもブツブツ言っているのです。それでもこの涙ぐましい芝居のおかげで彼はキャバレー・マリアンヌの節子という女性をしとめたようですし、ぼくも仕事が成就して満足でした。だからモテサセ屋は決して役にたたないわけではないのです。何度も書くようですが、あなたが気がお弱く、どうも惚《ほ》れた女性を陥落させる自信がない場合は、Office Motesaseya 略してO・M（オー・M）かと憶《おぼ》えれば簡単でしょう）のぼくに電話を下さい。

ところが、これらの客のなかで、今までのそれとはガラリとちがった人にこの間ぶつかりました。その人は年ごろ六十歳ぐらいの爺《じい》さまで、どこかの大会社の重役をしている人でした。

その日はどうしてか、ぼくには目ぼしい客がつかまらない日でした。例によってぼくは銀座のアシベで弘田三枝子《ひろたみえこ》の歌をきき、黄昏《たそがれ》まで時間をつぶしました。闇が銀座八丁をつつむ頃、客を見つけるため並木通りをぶらつきましたが、うまくいかない日はうまくいかぬものでどの客も肩をそびやかしたり、苦笑したりして去っていきます。

仕方がないからぼくは麦酒の一本も飲もうと目の前にある酒場の扉を押そうとしました。その時、その酒場の横で銀座名物の花売少女が一人の黒いラクダの外套《がいとう》をきた老紳士にしきりと花を買ってくれるようにせがんでいるのが眼につきました。

老紳士は笑いながら千円札をとりだしセロファン紙につつんだ花束をうけとると、

「いいよ。おつりは取っておきたまえ」

「まあ」少女はおどろいて「これ全部？　おじいさん」

「そうだ」

少女が大悦《よろこ》びで消えていったあと、老紳士は自分をじっと見詰めているぼくに気がついて、

「君、失礼だがこの花束をあげよう。年寄りには余り用のないものだ」

平生ぼくはこういう重役や社長風の老人は自分の客種からはずすことにしていました。どうせこんな連中はモテサセ屋などに頼らなくても金で女を縛ることのできる不愉快な野郎です。こちらは別に共産党員ではありませんがみすぼらしい気の弱い男たちには同情心は感じても、ふんだんに金をつかって女をかこえる爺さまたちには本能的な嫌悪感を持っているのです。

しかしこの日のアブレかたがあまりひどいので思いきってこの老人に話しかけてみ

ました。

「モテサセ屋、そうか。君がねえ」

老紳士は品のいい顔に苦笑をうかべてうなずきました。

「私の場合、まあ貴方《あなた》に頼らなくても、どうやら女性を扱えるようだな。まあ銀座の水商売の女で金に弱くない女性はまだおめにかかったことがないからねえ……」

嫌なことを言う爺とぼくは心のなかで舌打ちをしました。しかし相手がお客様ならそんな個人的な感情はモテサセ屋である以上、面とむかって出すわけにはいきません。

「ま、別の機会にと言いたいとこだが、花をもらって下さったお礼に一つお願いしようか」

「注文を下さるのですか」ぼくはホッとして「お値段のほうは一週間で二万円、一ヵ月で……」

「値段はよろしい。私は君に五万円のお礼をさしあげる」

「五万円？」

「まあ、あわてずに人の話を聞きたまえ、五万円払うかわり頼みがある。私の場合は君はモテサセ屋をやらなくてよいのだ。そしてこの私にそのモテサセ屋をやらせてもらいたい」

ぼくはびっくりして老紳士の顔をみました。髪の毛に少し銀髪がまじって、黒いラクダの外套を着て、なにか空虚な表情をしたこの老人がわざわざ五万円もだしてモテサセ屋をやらせろと言うのです。冗談なのか、それともスリルがほしいのか、いずれにせよよほど退屈しきった人にちがいない。

「でも……」

「やらせてくれないのかね」

「いいえ。こっちだって契約をまもられ、報酬さえ確かに頂ければ全く、異議ございません」

「君、保険外交員みたいなことを言うんじゃない。じゃ、珈琲店《コーヒー》でゆっくり相談をしよう」

ちかくの喫茶店であついモカ珈琲をすすりながら老紳士はゲルベ煙草の匂いをあたりに漂わせました。

「帝国ホテルのなかに各航空会社の出張ビューローが出ているのを知っているかね」

「はあ。あれ、ですか」

「うん。あれだ。各航空会社のビューローにそれぞれ一人ずつ若いお嬢さんが勤務している。その中でA・L・Fのビューローで働いているお嬢さん、——可愛い娘さんだが、君はその人をホレさせてみたくないか」

「はア……」

こちらは眼を白黒させました。第一、この人は手まわし良く、ぼくにホレてくれる娘まで用意しているのです。

「そりゃ、ぼくだって男ですから女の子にホレられれば嬉《うれ》しいにきまってますよ。しかし貴方は一体なぜそんな酔狂なことをするんです」

「物好きかな。好奇心と言って良いかもしれぬ」老紳士は微笑しながら「江戸《えど》の頃に通人というのがいた。ああいう心境だ」

「そんな、もんですか」

「とに角、承知してくれて有難う。しかしそのジャンパー姿ではあのお嬢さんは怯《おび》えるかもしれん。背広やネクタイは持っていないのか」

「会社に勤めていた時、着ていたのがあります」

「よろしい。そのほかに服装費として二万円わたそう」

老人は皮財布から二枚の大きな新しい札を無造作にとりだしてぼくの手に握らせました。

「明日からやってくれ給え。第一回目は私が一緒について行こう。明日、午後五時十分前に、帝国ホテル旧館のロビーで待っていてくれ」

老紳士――名は箱田という者だと言っていましたが――その箱田氏が帰ったあと、珈琲店に残ったぼくはまるで少年時代に読んだ童話の世界にいるような気がしました。

ぼくは男だから王子にあった灰かつぎではありませんが、しかし女の子の世話をしてくれ、そのためのお金までくれる魔法つかいに出会ったわけです。よく週刊誌に今の東京は想像もできぬ出来事があるように書いていましたが、ぼくはあんな記事は眉唾《まゆつば》ものだと思っていました。しかしこんな人が実際あらわれるのですからやはり東京も国際都市です。だが考えてみればぼくのようなこの大都会にモテサセ屋も出現したのですからふしぎとは言えないかも知れません。

前金に二万円ももらえば何も野良犬のように夕暮の冷えた並木通りをうろつく必要はありません。ぼくは前金であたらしいYシャツと箱田氏に言われた通り洋服にあうネクタイを買って待機していました。

翌日の夕暮、久しぶりにYシャツを着てネクタイをしめて、有楽町《ゆうらくちょう》の靴みがき屋に靴をみがかせて帝国ホテルに行きました。断っておきますがぼくの顔はジャンパー姿でこそ町の兄《アン》ちゃんにみえますが、それだけに精悍《せいかん》なわけで、背広さえ着れば大会社のパリッとした若い社員に早変りするのです。

箱田氏は既にロビーの外人たちの間に腰かけてゲルベをくゆらせていました。

「行こう。うん。その恰好《かっこう》、なかなか宜《よろ》しい、しかし今度からネクタイを背広の色に合わせたまえ。それから君は常務である私の部下ということにしなさい。印度《インド》にいく飛行機のことを彼女にたずねてみるんだ。それが切っ掛けだよ」

ロビーから右に折れた廊下にいろいろな航空会社の出張ビューローが並んでいました。ホテルに泊った外人客がわざわざ外に出ていかなくてもここで切符や座席がとれるようになっているわけです。

Ａ・Ｌ・Ｆ航空のビューローでスチュワーデスとそっくりの紺の制服に紺の帽子をかむったお嬢さんが今、一人の日本人を相手に何か説明していました。眼の大きな黒い髪がふさふさと帽子から出てこちらをむいてニッコリ笑った時、白い歯なみが清純でした。

箱田氏に教えられた通りこちらは印度ニューデリーに向う飛行機のことをたずねました。箱田氏はゲルベの煙を漂わせながらうしろで微笑しています。彼女に印象をあたえるためこちらは相手を微笑させたり、相手の言葉にひっかけて軽い冗談をとばしたり――そこはモテサセ屋の商売で憶《おぼ》えたコツを逆に利用してぼくも奮闘しました。

「では切符の件でお電話させて頂きましょう。常務、それでよいでしょうか」

ぼくは箱田氏に恭しくたずねました。

「ああ、御苦労さんでした」

威張らず、たかぶらず、箱田氏はやさしくぼくをねぎらってくれます。

「今日はこれでよい。三日たったら、もう一度、彼女をここにたずねて来たまえ、晩飯を誘ってみるんだ」

別れぎわに箱田氏は囁《ささや》きました。そのひそかな甘ったるい声と銀髪の頭や人生に退屈しきったような顔をみると、ぼくはますます現代の魔法使のような気がしてきます。

「晩飯は六本木《ろっぽんぎ》のブリックがよい。私の名でつけておきたまえ。あとはホテル〇の十階でゆっくり酒でも飲むのだ。しかし彼女に手を出してはいけないよ。彼女をホレさせても、君はホレてはならぬのだ。それからあの娘さんは羽二生京子さんという」

「しかし……三日後に京子さんはぼくの誘いに応じてくれるでしょうか」

「大丈夫だ。私が……」箱田氏は微笑して「君のモテサセ屋だからな」

三日後、そのYシャツとネクタイを着用して帝国ホテルに出かけました。この間と同じようにどっしりと落ちついたロビーに外人客たちがうつろな顔をして腰かけています。

「まあ梅崎さん」羽二生嬢はぼくを見ると微笑して「切符の御予約があるかとお待ちしてましたのよ」

「失礼しました。常務の日程が急に変更して御旅行がのびたのです」

「じゃ、また、お願いしますわ。それからサフランの鉢をこんなに沢山ありがとう存じました」

「サフラン?」と言いかけてぼくは思わず口を噤《つぐ》みました。彼女にぼくの名でサフランの花を贈ったのは箱田氏だとすぐ気がついたからです。

「あたし高校の頃からサフランの花が大好きでしたの。自分のしるしをこの花にきめたぐらいでしたのよ」

なるほど小さなこのA・L・Fの出張室に春を告げる可愛いサフランの花鉢が三つも並んでいました。

羽二生嬢がサフランの花が好きだと箱田氏は何処で調べたのでしょう。いや、それよりもあのふしぎな老人は一体なんのためにこんな金や精力を使ってぼくと羽二生嬢とを結びつけようとするのか。老人は好奇心だの、江戸時代の通人の心境だの説明していますがどうも、こちらの腑《ふ》におちないのです。

「実は……今日」とぼくはわざと照れ臭そうに「あなたをお食事に誘いに来たんです」

「あら……」羽二生嬢は少し赤くなって「困ったわ」

「先約が？」

「いいえ、そんなこと」

「じゃ御家族に怒られるんですか」

「とんでもない」

「ならでかけましょう。行きましょう」

こういう時は押しの一手が若い娘をひきずるぐらいぼくも知っていました。

その夜、箱田氏に教えられた通り、六本木のブリックというレストランに行きました。紺の制服をぬいで私服になると京子さんは急に平凡な娘さんの姿になりました。朝、満員の電車に乗り、丸の内や銀座の事務所にくる沢山のB・Gと同じような普通の娘なんです。ぼくは制服姿の彼女が、いわゆるスチュワーデスと同じように大家の御令嬢で大学出の才媛《さいえん》ではないかと内心ビクビクしていましたが、その平凡な姿をみて思わずホッとしたくらいです。

ブリックというレストランはしかし高級でした。ボーイは恭しく腰をかがめ、葡萄《ぶどう》酒をコップに注ぎました。

「あたし、こんなぜいたくな所、あまり来たことないのよ」

京子さんは少し怯えたように呟《つぶや》きました。ぼくはその素直さに好感をもち、思わずぼくだってと言いかけましたが箱田氏との約束を思いだして黙っていました。

京子さんはスチュワーデスとは全く関係なく、A・L・Fのたんなる事務員にすぎないこと、お父さんに早く死なれたので、母親と二人で江古田《えごた》に住んでいるのだと話してくれました。

この店の勘定はもちろん箱田氏づけのサインです。そのブリックを出ると、今度はホテルOの十階に行きました。菓子箱に入っている細かいパラフィン紙を投げつけたように東京の路《みち》が四方八方に光り、自動車が走り、ビルのうるんだ灯、銀座の赤いネオンまでみわたせます。ぼくはスコッチを少し飲み、彼女はペパミンを少し口につけ、音楽をききながらその夜景を楽しみました。京子さんは興奮し、お酒のかるい酔いも手つだって軽い脳貧血を起し、ぼくに支えられて化粧室に行きました。

「ごめんなさいね。あたし少し気を失ったんだわ。あなた恥ずかしかった?」

「あなたは」ぼくは笑いながら彼女をからかいました。「気を失って少し、失禁したんですよ。しかし、ぼくがふいておいてあげた」

「まあ」

耳まで彼女は真赤になりました。もちろん彼女が失禁したなんてウソです。しかし、こういう冗談を言えるほどぼくは彼女と接近したという自信がもうついていました。彼女だってぼくを不愉快には思っていなかったようです。赤坂までおりて地下鉄にのるという彼女に別れをつげた時、

「サフランに今度、梅崎さんはいつ会って下さいますの」

そう言ったのは京子さんのほうだったのですから。

地下鉄の階段を駆けおりる彼女を見送りながら、ぼくは自分がひどく悪い人間のような気がしてきました。本当に彼女が失禁していたらどんなに良かったろう。ぼくは彼女にぼく自身はこんなホテルOやブリックに行く人間ではなく野良犬のように並木通りで客をさがし、中川糸吉に頭をなぐられ、楠本憲一の運転手にばけて金をかせぐ

モテサセ屋であることを打明けたい衝動に駆られました。

しかし、それを言えば、彼女はこのぼくを軽蔑《けいべつ》するでしょう。そして自分をだましたことに心を傷つけるでしょう。モテサセ屋の悲哀をしみじみとぼくは感じました。むかし何かの本で読んだ中国の宦官《かんがん》の話が心にうかびます。自分の男性を自分の手で切りとり、一生、女にホレてはならぬと誓わされた職業の男たち。モテサセ屋とはそんなものだ。

(彼女にホレさせても君はホレてはならぬのだ)

そう箱田氏はぼくに厳命し、その代りに金をくれたのです。


「うまく運んだかね」

箱田氏は翌日、自分の会社からぼくのアパートに電話をかけてきました。

「そうか」ぼくの返事をきくと満足そうな声で「しかし君は彼女に手を出してはいけないよ」

「わかってます」

「あと四、五回、これを続けたまえ」

「四、五回、どうなるのです。本当に彼女がぼくのことを好きになったら」

受話器の奥でひくいが嘲《あざけ》るような笑い声がひびきました。

「イヤかね」

「イヤじゃありません。しかしそれじゃ、彼女が可哀想じゃありませんか、蛇の生殺しです」

「そうだね」

箱田氏はそこまで言って口を噤みました。受話器の中でしばらく沈黙がつづき、

「それならば四回目のデートで君は結婚を申込むか」

「結婚？」

「そうだ」

「そりゃ無茶です。ぼくはまだ女房をやしなう余裕はないし……」

「なにも本当に結婚しろと言いはしない。ただ結婚を申込み、むこうから承諾の返事さえもらえれば……それで君の仕事は終りだ。五万円はその日君にあげる」

「五万円……ねえ」

五万円という大金が、京子さんと遊ばせてもらって手に入るというのは流石に大きな魅力でした。しかしそのために彼女をだまし、ウソをつき、

（いいじゃねえか、どうせ商売だ。あの娘のことは知っちゃいねえや。まず金だ）

ふたたび夜の銀座をうろつくみじめな自分の姿が心に思い浮びます。小便くさい電信柱、酒場やレストランの裏を走るドブねずみ、風にふかれて転がる紙屑《かみくず》。一見、華

やかな銀座のわびしい裏をぼくは知っている。

「お断りしてはいけないのですか」

「断るのは自由だよ。ただね。君に用だてた二万円は細かい話のようだが返して頂こう。ケチで言っているのじゃない。私は契約を大事に考える性格だから」

ぼくは眼をつぶって受話器を切りました。なんだ。つまらない人情や感傷を女の子にもちやがって。どうせモテサセ屋の俺と知ったら、鼻にもひっかけてくれぬ娘じゃないか。その娘に義理だてする必要なぞあるもんか。そう自分で自分に無理矢理に言いきかせました。

しかし、なぜ、あの老人の真意はどこにあるのだろう。京子さんに結婚のプロポーズをさせ、その承諾をもらえば仕事は終りだという。なんのために、こんな奇怪なことをさせるのか。しかしその理由を考えても始まらぬ。こちらはロボットのように感情ぬきでこの仕事をやればよいのです。

二回目、三回目のデートで京子さんは全くこちらのひそかな計画にも気づかず、素直に無邪気にぼくの言葉を信じ、一流会社の××化学の社員と思っているようでした。

彼女がぼくに好意を持ちだしていることは明らかでした。それは眼のかがやき、表情の動かしかたでもわかりましたが、彼女が、買ったばかりのぼくのネクタイに眼をむけて、

「あら、この間とはちがうネクタイ」

と言ったり、

「あたしって、皆から何もできないって言われているけど、お料理や洗濯もうまいのよ」

と無意識に自分を売りこもうとする言葉の端ばしでも感じられたのです。女が男の服装の変化に注意したり、なにげないふりをして自分の家事の才能を告げたりすれば、もう恋のはじまりだとぼくだって心得ています。

ぼくらは食事をして映画を見に行ったり、ホールに行ったりしました。おどりながら彼女が体だけではなく心までこちらの腕にすっかりあずけきっているのがわかるのです。あまりに信じきったその可憐《かれん》な様子をみていると、逆にぼくには変な疑惑さえ起きてくる。

(ひょっとすると彼女は箱田氏と共謀して俺をからかっているのではないか。なにもかも知っている癖に知らないふりをしているのではないか)

「あなたの常務さん」

ターンをしながら彼女は急にたずねます。

「お元気ですかア?」

「おや、箱田氏を前から知っているのですか」

「いいえ。どうして」

兎のように無邪気な眼。本当にこの娘はあの老人とは全く無関係なのにちがいない。四回目のデートでぼくはもう一度、彼女をホテルOの十階につれていきました。この間と同じように東京の夜景をみおろし、スコッチを少し飲み（彼女は失禁をおそれたのかペパミンはやめてレモン・スカッシュを注文しました）、結婚しませんかと言いました。

ホールの真中で白い服を着た気障《きざ》な男がピアノをひいていた。「黙って愛して」という哀しい曲だ。羽二生京子はぼくの口もとをじっと見つめ、顔を強張《こわば》らせていました。眉《まゆ》と眉とのあいだに苦しそうに皺《しわ》をよせているのです。ぼくは沈黙に耐えられず、自分のいやらしさをごまかすために、わざとヤケクソな言葉を吐きました。

「おや、また、気分が悪いのですか。失禁ですか」

彼女はマアとも叫ばず、怒りもせず笑いもしませんでした。

「どうしたんです」

「梅崎さん。本気なの」

「ええ」

「あたしのこと知ってる？　あたし一度、結婚の約束をして裏切られたことがあるのよ」

「そうですか」

ぼくのようなモテサセ屋だって胸の奥が痛くなることがある。しかし、そうですかと言う以外、今、なにを言えましょう。

「だからもう、傷つきたくないわ。からかっているなら、だら、そんなこと言わないでよ。からかっているの」

彼女は、今夜もまた軽い脳貧血を起しました。しかし彼女をかかえながらがらんとしたロビーまでおりたぼくの心は錐《きり》でさされたように痛かった。なんのために箱田氏はこのお嬢さんの心をこんなにオモチャにするのか。いや、箱田氏はこのあと、きっと彼女を倖《しあわ》せにするような何かの手段を考えているにちがいない。そうでなくてはならぬとぼくは唇を嚙《か》みしめながら考えました。

「うん、結婚の申込みをした？　よろしい。そして彼女は承諾したのか」

箱田氏のひくいが甘ったるい声が受話器の奥でひびきます。

「承諾してくれた、と思います」

「思いますでは困るね。承諾したのか」

「まあ、そうです」

「よろしい。じゃ、君、今日、築地の稲川という待合に夕方、六時に来てくれないか。

お約束の金はそこで渡す」

ぼくはふたたびジャンパーのポケットに手を入れ、あの老紳士に会うために夕暮の築地まで行きました。黒ぬりのベンツがぼくの前でとまり、ゲルベの強い香をただよわしながら箱田氏は車をおり、犬でも見おろすようにぼくを見つめました。

「これだ」

無造作に五枚の札をとりだし、ぼくに手渡すと、彼は急にきびしい表情で、

「君の仕事はこれで終りだ。念のために言っておくが、今後、あの娘に近づいてはいけない」

「それは承知しましたが、しかし何故です」

「君に関係したことじゃないよ。もう帰りなさい」

「まさか彼女を苦しめるのではありませんね」

箱田氏の頰に急にうすら笑いがうかびました。うすら笑いをうかべたその表情は突然、卑しいもののようにぼくの眼にうつりました。はじめて会った時感じたあの品のよい銀髪や人生に倦《あ》きたようなしぶい姿が、老醜とみだらさとを持った老人に変ったような気がしました。

「大丈夫だ。その上、君はモテサセ屋だ。モテサセればそれでよいのだ。あとは口を出さなくてよろしい」

「しかし、あなたの場合は……」

「私の場合も君は充分、モテサセ屋の役を果してくれたのだよ」

謎のような言葉をうかべて彼は「稲川」の打水をした玄関に入っていきました。遠くから「いらっしゃいませ」という女中の声がひびいてきました。

箱田氏が最後に言った謎のような言葉はぼくの心にひっかかりました。

(私の場合も君は充分モテサセ屋の役を果してくれたのだ)

自動車が横を通りすぎ、運転手が馬鹿野郎、危ないじゃないかと窓をあけてぼくを怒鳴りました。ぼくは寿司《すし》屋により、寿司をくいながら箱田氏の言葉を考えつづけました。

「旦那《だんな》、お次は？」

「うん、生うにをのせてくれ」

生うにを口に放りこんだ時、アッとぼくは思わず叫びました。京子さんがこの間言った言葉が心に甦《よみがえ》ったのです。

「わたしは恋人に裏切られたことがあるの。だからもう傷つきたくないの」

それが一つの啓示だったようにはっきりとは理解できぬが箱田氏のもくろんでいることが、朧《おぼろ》げながら想像できたからです。それは不快なそして最もみだらなことにたいする想像でした。

「どうしたんです。旦那」

「いや」

勘定をすませ、今一度、築地稲川まで戻りました。高級車がずらりと店の前で駐車しているこの店のなかから時々、女中たちの笑い声がきこえます。いずれここにくるのは政治家や箱田氏のような実業家でしょう。彼等がなにをしようと、どう遊ぼうとモテサセ屋風情の文句を言うすじあいのもんじゃない。そんなことはぼくだって知っている。しかしぼくはこの待合の奥で銀髪の箱田氏が品よい微笑をうかべて芸者たちにとりかこまれ、遊びなれた言葉をはき軽口をたたいている姿を想像してなぜか怒りを感ぜざるをえなかったのです。彼にくらべれば中川糸吉や楠本憲一やその他もろもろのぼくの客はまだ愛すべき人たちだ。しかし箱田氏はちがう……。

ぼくは考えました。もしぼくの想像がまちがっていなければ彼は明日か、明後日に帝国ホテルのA・L・F出張所に羽二生京子をたずねていくでしょう。そしてぼくの想像通りのことを言うだろう。しかしぼくはその確証を握らねばならん。

翌日の夕暮、ホテルのロビーの隅でぼくは長い間、待機していました。うまい具合にソファとソファとの間においてある棕櫚《しゅろ》の鉢がこちらの姿をかくしてくれます。

五時少し前にあの老紳士はあらわれました。いつものように黒いラクダの外套《がいとう》を着てペカリの手袋をはめて彼は真直ぐに京子さんの出張所に歩いていきます。

やがて少し怪訝《けげん》な顔をした彼女が箱田氏に伴われてこちらにやってくると、幸運にもぼくのすぐ近くに腰をおろしたのです。沈うつな表情で箱田氏は手袋を手でもてあそび、例のひくい甘い声で言いました。

「梅崎のことは重々ぼくからもわびを言う。なにしろ自分自身ではとても言えぬだろうし……。私はあの青年の上役だが、一身上の相談もうけていた。……」

あとの言葉はよく聞きとれませんが、要するに箱田氏はぼくのことをひどく彼女に非難しているのです。

「あなたには気の毒だが、彼が申込んだ結婚の約束は忘れたほうがよい」

「なんですって」

「要するにあの男は仕様のないドン・ファンなのだ。今まで結婚を餌に何人も若い女性をつってきた。今日もあなたを誘惑したことを……ああこういう言葉を使って失礼だったね……会社の仲間に自慢しているのだ。それを私が偶然、耳にしたものだから」

「ウソ、そんなこと信じられませんわ」

棕櫚のかげから京子さんの苦しそうな表情がみえました。彼女は必死でそれと闘っているようでした。その顔を箱田氏はひそかなうすら笑いを浮べてみているのです。彼は京子さんが絶望し自暴自棄になるように、なるように話をすすめていっているのです。

「梅崎さんに会わせて下さい、彼の口から本当のことを……」

「よしなさい。会ったって貴方《あなた》に価しないようなつまらん男です」

この野郎、ぼくはもう少しで飛びでるところでした。しかし飛び出て真相をぶちまけたところで、ぼくが彼女を瞞《だま》していたことには変りないのです。それに箱田氏から五万円をうけとり、その一部をもう使ってしまったぼくです。

「だから……あの男のことはもう忘れなさい。その代り今夜は私があなたのうけた傷を少しでもいやせられればと思っています。私はあなたが自分の娘のような気さえしてくる。父親のような気持で今夜は貴方を慰めたい」

まるで気障《きざ》な映画に出てくるような言葉を箱田氏はゆっくりと呟《つぶや》きました。その上、彼は父親のように自らハンカチを出して京子さんに泪《なみだ》をふくよう渡しているのです。父親を早く失った京子さんにはこの態度は嬉《うれ》しかったのかどうか知りません。しかしそこを箱田氏はねらっていたのです。

「とも角、ここで話していてもなんだね。出ましょう。今夜は少し羽目をはずしていい。飲んで飲んで、馬鹿馬鹿しいあんな男のことは忘れなさい」

「いいわ。あたし、今夜、なんでもしてやるわ」

突然、京子さんは吐きだすように言って立ちあがりました。まわりの外人客がびっくりしたように、こちらをふりかえります。箱田氏は微笑し、表面はやさしく彼女の肩をかかえながら歩きだしました。それから彼等はホテルの回転ドアのむこうに消えていきました。

ぼくはそのうしろ姿を茫然《ぼうぜん》と見送っていました。畜生、畜生というより仕方ありませんでした。みなさんはぼくがなぜ、京子さんのそばに駆けより真相をはなし、箱田氏の偽善をあばかなかったかと言われるかもしれない。しかしみなさんだってぼくのあの時のような弱い立場にあれば、歯ぎしりをして見送るより仕方ないでしょう。要するにぼくは弱者であり、野良犬のような無力なモテサセ屋なのです。みなさんだって多かれ少なかれ世間や会社の中で同じ立場にあるのじゃないでしょうか。

東京にはいろいろなことがある。モテサセ屋をやっているとそれがよくわかります。東京にはいろいろな人間がいる。愛すべき中川糸吉君のような男もいれば、自称プレイボーイもいます。しかし箱田氏のような男こそ本当に悪魔的なドン・ファンと言うべきです。

それでもぼくはもう一度、その翌日、A・L・Fの出張所に行ってみました。嫌な予感があたって京子さんの姿はみえませんでした。その次の日も三日目も四日目も、そして水をやらぬ鉢のサフランがしぼみだしました。清純な花は枯れてしまったのです。五日目に別の娘さんが紺の制服と制帽でそこにたっていました。

「京子さん？　あのかた、およしになりました。ええ、病気じゃありません。退職です」

新しい娘さんははっきり言いました。

箱田氏は彼女をぼくから棄てさせ自暴自棄にして、その棄鉢の心理を利用して彼女を自分のものにしたのではないでしょうか。ああ、嫌な、嫌な、不快な話だ。

京子さんにはその後一度、会いました。尾張町《おわりちょう》の交差点で、信号が赤から青にかわった時、むこうから来る人群のなかに彼女をみつけました。もちろん彼女はジャンパー姿のぼくなんか気がつきません。

むかしの笑うと清純な歯をみせた彼女とちがって、黒いレインコートにバンドをしめた彼女はきつい表情で歩いていました。人生も人間も信じないような顔をして歩いていました。

気の弱い男

あいた扉から雪崩《なだ》れこんで、やっと見つけた席だった。滑りこむようにして同じくダッシュしてきた男より僅《わず》か一タッチの差で腰をおろすと、その男が口惜しそうに舌打ちをした。だが、もう大丈夫である。取った以上は自分の席だ。これから三十分間、新宿まで体を休められる。居眠りもできる。

会社員の啓吉にとって朝と夕方、ラッシュ電車の席をとるということが一日の大きな仕事だと言ってよかった。いつかはこういう交通地獄が緩和される日がくるであろうが、それは啓吉がもう停年にでもなる頃であろう。

若い者とはちがって四十になった彼にはとても体力で相手をはねのけることはできない。だから彼は考えた。どうすれば要領よく席を確保できるかと。

まず、ホームのどこに立っていれば電車の扉のあるところが自分の前に停ってくれるか、これを知っておかねばならない。長年の経験で彼はその秘訣《ひけつ》をやっと発見した。それはホームの上から線路をじっと眺めて……枕木の上に特に集中的に油の落ちている場所がある。その場所の前に直立していれば、ふしぎに滑りこんできた電車の扉がおのずと停ってくれるのである。

もちろん、彼はこの秘訣をだアれにも教えはしなかった。教えてなるものか。人がよくて気の弱い彼は、ともすると部下の谷川や岡崎にこの方法をそっと伝授してやりたい衝動にかられるが、

（待てよ）

こういうことは口《くち》コミにのってアッと言う間にみんなが知ってしまう怖れがあった。沈黙は金なり。

その夕暮、車内はさほど混んではいなかったが、しかし混んではいないと言っても、ぎっしり吊皮にぶらさがった人間の間に、一日の仕事に疲れた人々のくるしそうな顔がのぞいていた。

自分の前にいつの間にか、女が立っていた。女といっても若い女性ではない。安っぽい靴下の膝《ひざ》にたるんだ横じわがついているような中年女である。のみならず大きな手さげを持ち六、七歳ぐらいの女の子をつれて立っていた。

この母親はじっと啓吉の顔を見つめている。なんのために、自分をこうもじっと見つめているのか、もうさっきから彼にはよくわかっていた。

（あんた。子供に席をゆずって下さいよ。子供ですよ。立っているのは……）

母親の眼が言わんと欲するところは、子供もよく心得ているらしかった。この六、七歳の小悧巧《こりこう》で生意気な顔をした女の子はさっきからしきりに母親の手を引っぱりながら、

「坐《すわ》りたいよオ。お母ちゃん」

こちらに聞えよがしにそう叫ぶのである。すると母親が大きな溜息《ためいき》をつく、溜息をついて、

「困ったねえ。そんな我儘《わがまま》言ったって席のないものは仕方ないじゃないの」

そのくせ、彼女はわざと途方に暮れたような顔とジロリとした眼つきとを交代にとりながら啓吉を見るのだった。

(ふん、下手な芝居をしやがって)

心の中で啓吉はこの母親の視線と闘わねばならぬと思う。断じてこの席をゆずってはならぬのだ。こちらは苦心惨憺《くしんさんたん》、やっとの思いで手に入れた席である。それを横あいからこうして奪《と》りあげようとするのは暴力じゃないか。断じて暴力じゃないか。

「坐りたいよオ、お母ちゃん」

「しずかにおし。仕方がないでしょ」

「足が痛いよオ、お母ちゃん」

「本当かい。どうしたら、いいんだろうねえ」

ああ俺は駄目だ。これ以上、このアツカマシい声に耐えられそうもない。どうしてこの母親はこんな混んだ時刻に子供づれで電車に乗りこむんだ。非常識じゃないか。大人だって疲れてるんだ。子供は立たせておいた方が平衡神経が発達することがわからないのか。

「もうダメだよオ、お母ちゃん」

「ああ、ああ。お母さんをこれ以上、困らせないでおくれ」

その時、啓吉はもう立ちあがってしまっている。

「お坐んなさい。ここに」

「おやおや、スミませんねえ。本当に助かりますよ」

「いや、いや」

恨めしそうに彼は腰をひねって吊皮にぶらさがる。彼が必死の思いで確保した席、そこに涼しい顔をしてあの母親が大きな尻《しり》をのせ、子供を膝にかけさせている。彼女はもう啓吉のことを眼中にないように素知らぬ顔をしている。

自分が気が弱いことは今更、認識したわけではないが、彼はいささか憂鬱《ゆううつ》であった。もし自分と同じ立場に部下の谷川や木内がいたとしたらツンと横をむくか、グッと睨《にら》みかえすかは知らないが、いずれにしろ、あんなアツカマシい母親の視線などきっとはねかえしたにちがいない。

「課長って、本当に……」

時々、部下たちが彼について、そう評している声を、啓吉は耳にすることがある。彼等にはやさしい上役、上司であるかもしれないが、どこか頼りない――そう言っているようである。

家庭でも啓吉はよい夫、よいパパだが、妻に言わせれば「虫一匹も殺せないところが欠点でもあり長所でもある」そうだ。

たかが席ひとつ、ゆずったぐらいの問題なのになぜ、今日に限ってこんなに気にかかるのかわからなかった。

「どうしました、課長」

昼休み、屋上でぼんやりそんなことを考えながら東京の街を俯瞰《ふかん》している彼に部下の谷川がそばに寄ってきて訊《たず》ねた。

「そうですか。よくあることですよ。実際近頃の母親にはズウズウしい奴がいるからな」

「君なら、そういう時どうするね」

「断じてゆずりませんよ。意地でも頑張ってやる」

突然、怒ったようにそう答えた谷川のゴルフ焼けした横顔を眺めながら、

（ああ、こいつは、重役になるだろうな、俺のように課長か、部長どまりではない）

啓吉はふとそんなことを感じた。

「課長は少しやさしすぎるんですよ」

「しかし性格というものは一朝一夕で直せないからね」

煙草の火口をみつめながら啓吉は苦笑した。まあ、仕方がないや、そんな諦《あきら》めの気分だった。

ところが翌日の夕方、また電車のなかであの母親に偶然、ぶつかった。今度は彼も流石《さすが》に席をとっていなかった。席をとっていたのは彼女のほうだった。

吊皮にぶらさがった彼はふと、自分の前に腰かけている女があのアツカマシい女だと気づいて、

「あッ」

と小さな声をだした。その声で向うも顔をあげ、啓吉をジロリと見た。たしかに彼女も眼の前にいる男が誰だかわかったようである。

子供はつれていなかったが、その服装と膝においた大きな手さげ袋とにも見おぼえがあった。一瞬彼女は、

（困った）

そういう表情をしたが、それっきり両手を手さげの上において、できるだけ知らん

顔をしている。昨日は有難うございましたと礼の一言言うわけではない。

そのうち電車が出発した。半時間ほどのあいだ、彼と彼女との膝は電車がカーブをきるたびにぶつかりあったが、相手は無言のままでいる。

彼がおりる一つ手前の駅でこの女はおりた。もちろん何も言わず、小石を見るよりも、もっと啓吉を無視して……。

帰宅すると玄関の前で子供が一匹の金魚を入れた牛乳瓶をかかえながら立っていた。

「隣の大学生さんにもらったんだよ。この金魚」

そうかいと言って彼は子供の頭を押すようにして玄関の戸をあけた。

「あら」細君は台所から手をふきふき、「今日は遅かったわね」

「遅かったと言っても十五分だろ。一台乗り遅れたんだ」

伝書鳩のようにきちっと家を出、伝書鳩のようにきちっと家に戻ってくる啓吉を細君は心の中で少し軽蔑《けいべつ》していた。

「お風呂《ふろ》わいているわよ。それともすぐ食事になさる」

「そうだね」

結局、食事を先にすることにして啓吉は丹前に着かえ、道楽の盆栽を二つ、手にもって妻が食事をつくりあげる間、鋏《はさみ》を入れていた。

「金魚、ここにおいてもいい」

子供がきく。

「ああ、いいよ」

テレビをつけると子供の漫画がはじまる前のニュースをやっていた。机にむかったアナウンサーが職業的な微笑を頬につくりながら解説をはじめると、左手にそのニュースの画像がうつりだす。ベトナムのニュースがのり、日韓《にっかん》条約の模様がうつされ、それからしばらくして昨夜一人の男が女房を殺したとアナウンサーは事務的に報道した。その田口という男の顔が一寸《ちょっと》だけ画面にうつった。顔のながい、どこか弱々しげな顔をした男だった。

「師走《しわす》が近くなったなあ」

なぜ、この男と師走とを結びつけたのか別に理由はなかったが、そう呟《つぶや》くと、啓吉は何げなしにテレビを切った。切ってから、

「あッ」

と思った。

田口という名、今の顔――画面をみていた時は気づかなかったが、今、記憶のなかにうずくものがある。

「どうしてテレビを切ったのよ、お父さん」

「そうだったな」

子供が放送を見ている間、啓吉は額を手で支えながら——遠い昔田口という級友が中学校の校庭でみなが体操をしている時、一人、見学していた姿を思いだした。午後の陽が白くあたって校庭のふちに植えられているポプラの葉が風にうごいている。

（似ている。あの顔が。まさかあいつじゃないだろうが……）

田口のことは幾つかの記憶がまだ残っていた。中学校の時、同級生たちは彼のことを「お嬢」とよんでいた。娘のように顔色が白く、何かからかわれると、すぐ顔を赤くするからである。

田口と彼とは電車通学の生徒だったが、家が同じ方向にあったからよく一緒に帰ったものである。

二、三日後が定期試験という日だったから、彼は座席にすわるとすぐノートを出して読みはじめた。すると田口が、

「君、歴史のノート、今、あいてない」

「鞄《かばん》の中に持っているけれど、どうして」

「ぼく、ノートがないんだ」

「ないって、何処に忘れたんだ」

「忘れたんじゃない。弓削君に貸したんだけど……弓削君、まだ返してくれないんだ」

「返せって、言えばいいじゃないか」

「だって、悪いような気がして」

そう言うと、田口は本当に娘のように顔をあからめて、眼をパチパチさせた。

「だって、試験前だろ。弓削の奴、ひどいじゃないか。明日、君、どうしても返してもらえよ」

「うん」

その日、啓吉は電車のなかでこの田口に自分のノートをずっと読ませてやった。自分のノートがありながら、こうして他人のものを借りて読まねばならぬ田口の気の弱さにあきれたが、しかし一方では弓削に返せとよう主張できぬこのお嬢の悩みもわかるような気がした。

翌日、登校して、もう席についている田口に、

「ノート、手に戻ったかい」

そう聞くと、当惑したような表情を顔いっぱいに浮べて、

「いや、まだだよ」

「早く言えよ。弓削に」

「この授業が終ったら言うよ」

問題の弓削はクラスの中でもそう出来のわるい奴ではなかったが、洋品店の息子で万事について小狡《こずる》く、要領よく立ちまわるところを持っていた。だから田口のように

気の弱い相手に、嫌とよう言えぬのを承知して、ノートを借りたのであろう。

弓削はキャッキャッと隣の仲間とふざけている。こちらを一度もふり向きもしない。意識してやっているのか、どうか、わからないがまるでノートを借りたということも、田口が困っていることも全く気がつかぬようである。啓吉は義憤を感じた。

義憤を感じはしたが、しかし、さりとて、田口にかわって弓削からノートを取りかえす勇気が啓吉にはなかった。余計なことを口に出してと言われるのも嫌だったからである。だから啓吉としても田口自身がノートを返せと言う必要がある。

一時間目の授業が終ると、

「おい、行ってこいよ」

彼は田口の背中をついた。うんと答えながら、この気の弱い男はまだグズグズしていた。

だが、ついに決心したのだろう、足を曳《ひ》きずるようにして弓削のそばに近寄っていった。周りの仲間とふざけていた弓削は田口をみても、とぼけた顔をしている。

(あの神経……)

あの弓削の神経は持とうと思っても、自分や田口に持てるものじゃなかった。田口は今、顔を赤らめて、一生懸命に何かを言おうとしている。始めの言葉をさがしている。その心の動きがまるで自分自身のそれであるかのように啓吉にわかって、それは鋭い痛みさえ伴った……。

（あの田口じゃないか）

食事をとりながら、啓吉は考え続けた。田口という姓だけは耳に残っていたが、あとの名前はうっかりしてよく聞いていなかったのが残念だ。それに一瞬、画面にうつったその男の顔もチラッと見ただけで、気をつけていなかったのである。

「どうしたの、急に黙りこんで。歯でも痛いんですか」

「いや、そうじゃない。さっき、テレビのニュースで女房を殺した男のことが出ていたから」

「おお、こわい。何てことをするんだろう。サディストね。そんなの……」それから細君は急に子供の存在に気がついて、「変な話を食卓でするのはよして下さいよ」

彼は夜十時のニュースでもう一度、あの男のことが報道されるのではないか、と思った。

だが市井《しせい》に起ったこの小さな事件は一回きりしかテレビでは取上げないらしく、十時のニュースではその代りに渋谷《しぶや》区のアパートの火事が画面にうつっていた。

翌日、会社で彼は大学時代の友人である新聞記者の今井に電話をかけた。

「久しぶりじゃないか。何だい、急に電話をくれたりして」

今井は受話器のむこうからびっくりしたような声をだした。

「今日でも一杯飲みにいかないか。いや、お前さんは飲めなかったんだな。で、用事とは一体、なんだい」

「今朝、君のとこの三面記事に小さく載っていた田口という男のことなんだが」

啓吉はかいつまんで要件を話した。

「その女房を殺したって男……ぼくの中学の頃のクラスメートらしいんだ」

「ほう」

「だから、気になるんだけど……詳しい事情を教えてもらえないだろうか」

「そうか。それを知ったって、どうにもならないだろうけどな。早速、社会部のほうに詳しいことを聞いてやるよ」

「社会部？」

「そうさ。学芸部の俺に、そんなこと、わかりっこないじゃないか」

その夕方、有楽町駅にちかい喫茶店で今井と会うことにして、啓吉は受話器を切った。

もし、テレビや新聞で小さく報道された田口が自分の知っていた「お嬢」ならば——自分と同じように、いや自分より気の小さい男に人殺しなどできる筈《はず》はない。きっと何かの間違いにちがいないと啓吉は思った。

　その日は妙に客の多い日だった。その客の最後が帰った時は、既に今井と会う時間が迫っていた。急いでタクシーを拾って、約束した喫茶店にかけつけると、今井は隅のテーブルに腰をかけて、夕刊を読んでいた。

「待たせて、すまん」

「いやいや、変ってないな、お前」

　しばらく、昔話をしたあと、今井は上衣の内ポケットからメモを取りだして、

「ところで、お前さんに頼まれた例のことだが」

「うん」

「警視庁関係の記者に調べてもらったら、田口雄一。お前の言っていた名前と同じだよ。それに兵庫県にいたそうだから、お前の勘は間違っていない」

「やっぱり、そうか」

「本人がはっきり、殺しを自白したんだから」

「本人が？」

「うん。女房というのが長患いでな。喘息《ぜんそく》の上にカリエスだったそうだ。その病気の女房を殺したのは保険金ほしさか、あるいは他に女ができて邪魔になったのか……」

　当然、ありうる話だった。それはどこにも転がっているようなうすよごれた家庭悲

劇の一つのような気がした。喫茶店の壁に小さな油虫が一匹、斜めに這《は》いあがってい
った。
「と思って警察のほうも調べたんだが」と今井はメモを見ながら話をつづけた。「田
口は保険金もかけていない」
「ほオ……」
「それに、女もいない、当人を知っている者の話によると、彼は実に女房の看病をよ
くやったらしいんだね」
「なるほどなあ」
なるほどなあと啓吉が呟《つぶや》いたのはふと彼の脳裏に、自分のノートさえ返してもらう
ことができずウロウロしていたあの男の昔の姿が鮮やかに浮んだからだった。
「田口は体の不自由な女房の衣食の世話はもちろんのこと、女房の下《しも》の面倒までやっ
ていたと近所の人たちは言っているよ」
「そうだろう」
啓吉はふかい溜息《ためいき》をついて、よごれたテーブルの上のコップを眺めた。そんな男が
なぜその女房を殺したんだろう。
「どうして、殺したんだ」
「田口はカリエスの女房が殺してくれと自分に頼んだと言っているよ。こうして不治

の病で生きているのは辛《つら》い。いっそ死んだほうがどんなに楽かわからない。口ぐせのように女房は毎日、言ってたそうだ。犯行当日、喘息の発作があんまり烈しくて死にたい、死にたいと手を合わせたそうだ。それを見て、たまらない気持になり、催眠薬を多量に飲ませたとそう田口は自白したそうだ」

「ああ」

啓吉は靴の先で床を懸命にこすった。彼には、田口の話を聞くだけでも今は苦痛だった。わかる。俺にはよくわかる。どんな家に彼は住んでいたのだろう。おそらく新宿のどこかゴミゴミとした一角の小さな陽当りの悪い家。そこにもう何年も寝たきりの女房。そして毎日死にたいと口癖のように呟く妻。

(俺がもし田口と同じような立場だったなら)

田口と同じ立場だったなら、苦しんでいる女房の姿を毎日、見ることはどんなに辛かったろう。そしてその日、喘息に体をねじらせている彼女の咳《せき》がやんだ時、楽にして、楽にして、一生なんの楽しみもないんだからと言った時、その苦痛の姿に田口の気の弱さは耐えられなかったのだろう。

(俺だって同じことを、やったかもしれない)

と啓吉は思った。

「刑期はどうなる」

「情状を考慮しても、無罪とはならんだろうなあ」

メモをしまいながら今井はつめたく言った。

「とに角、殺人は殺人なんだから」

「そりゃそうだけど」

「軽くて四、五年は刑に服さねばならないんじゃないか」

今井と別れたあと、有楽町の駅前を啓吉は一人で歩いた。いつもの自分とはちがって、伝書鳩のように真直《まっす》ぐに家に戻りたくないような気がした。勤め帰りの人々、若い恋人たちの群れが彼のまわりを次々と通りすぎていった。酒の飲めぬ啓吉だったが、どこかで酒でも飲みたいとそう思った。

「どうしたの、車にでもハネられたのかと思ったわ」

「いや、会社の帰りに、今井君に会ってね」

「そうでしたの」

細君はそれ以上啓吉を疑わない。自分の疑われないということは、ひっくりかえせば、彼女が夫を見くびっているということなのだ。それは啓吉にもよくわかっていた。自分が悪いことひとつできぬ男だと、妻はそう思いこんでいるのである。

いつものように晩飯。子供が学校であったことをしゃべる。妻がその子供にちゃんと食べなさいと叱りつけている。食事が終るとテレビをみる。

「変化のない毎日だな」

子供を寝かしつけたあと、茶を淹《い》れて自分の前においた妻を啓吉はじっと見つめながら言った。

「それが一番幸福じゃありませんか」

「そう思うかね」

「女には何もないほうが一番、倖《しあわ》せなんですよ。あなたのように無茶のできない人と一緒に住むのが」

（俺だって人殺しをするかもしれない）と言いかけて啓吉は口を噤《つぐ》んだ。田口のような男の話を女房にしたところで何もわかる筈はなかった。

「あら、金魚が死にかかっている」

昨日、子供が隣の大学生にもらった金魚は瓶の中で水面にじっと浮いたまま動かなかった。

「小さな瓶なんかに入れるからだよ。酸素が足りないんだ」

「あなた洗面器にうつしてやってよ。早く」

啓吉は金魚を風呂場《ふろば》においた洗面器の中に入れてみたが、もう駄目なようだった。まだ指でつつくと、かすかに動くが泳ぐこともできない。

その金魚をじっと見つめていると、不意に田口の顔が啓吉の頭に浮んだ。女房に薬を飲ませたことよりも飲ませたあと、昏々《こんこん》と死の眠りについた彼女の横でじっと坐《すわ》っていた田口の姿である。なぜ、そんな状況までが彼の想像のなかに浮んだのかよくわからない。

啓吉は金魚を水から引きあげて掌《て》の上にのせた。指でつつくと、まだかすかに動く。息が出来ずに苦しがっているのである。彼は掌に力を入れて握りしめた。柔らかなグニャッとした感触が指さきに伝わった。彼は今、自分も金魚を殺したのだと思った。するとと言いようのない快感が胸の裏側にうずいた。

「どうでしたの。生きかえった？」

何も知らぬ妻は、食卓の上をふきながらたずねた。

「死んだよ」

「やっぱり駄目だったのね。あした、坊や、がっかりするわ」

「ああ」

硝子《ガラス》戸が風にゆれている。その風にのって郊外電車の走る音がきこえてくる。啓吉が毎日、それに乗って出勤する電車である。明日、彼はまた線路の上に油の一番おちている部分をさがし、その前で立っているだろう。

俺とソックリな男が……

俺にとって、変チクリンとも奇妙ともつかぬあの事件が起ったのは二年前の七月のことだった。夕暮からひどく、むしむしすると思っていたが、十時頃に雨が降りだして、その雨音が枕元の扇風機のかすれた響きにまじって聞こえてきた。

「困ったわ。傘、持ってきてないんだもの」

寝床の上に腹ばいになって、女は、俺が捨てた煙草の火を灰皿のなかで消しながら呟《つぶや》いた。

「なら、タクシーをつかまえるさ」

「つかまるもんですか。電車通りに出なくちゃあ」

「じゃあ、雨がやむまで、ここにいたらいいさ」

俺はそう言ったものの、さっきから時計を気にしていた。眼ぶたの裏に古週刊誌を何度も読みかえしながら俺の帰りを待っている女房のくたびれた顔がうかんだ。

女は渋谷の小料理屋につとめている女中である。二人の関係はもう半年前からつづいていた。俺は時には、この盲腸の傷痕《きずあと》が右の下腹に残っている彼女と結婚してもいいと思った。女の痩《や》せた体はなぜか海の香りがした。それは俺にながい間、帰っていない新潟県の故郷の匂いを思いださせるのだ。

この旅館は電車通りから少しはいった一角にあった。昼間でも道にはあまり人影がない。だからここに来る途中も今まで誰にも怪しまれたことはない。まがりなりにも公務員である俺には、誰かに見られることが一番、こわかったのだ。

旅館を出る時は、来た時と同じように女とは別々に出た。幸い雨はやんでいる。俺は濡《ぬ》れた路《みち》のむこうにまだ女が歩いているかと立ちどまって見たが、その影はもう見えなかった。きっと反対側の路をとって帰ったのだろう。

むこうから男と女が歩いてくる。俺は別にその必要もなくなったのに思わず、眼をそらせた。やはり情事をやったあとの姿を何となくみられたくなかったからだ。すれちがった時、

「あっ」

女の大きな驚きの声が耳にきこえた。その声でこちらはびっくりして頭をあげた。

煙草屋が右にある。その煙草屋の灯に照らされて、男と女とが立ちどまったまま、俺の顔を凝視している。男は女のかげにかくれよく見えないが、その白っぽい洋服を着た女はまるで馬鹿のように口をあけていた。

最初、俺は何が起ったのだろうかと思った。むかし知っていた女性だろうかと迷った。だが見おぼえなど全くないのだ。

その時、男が女のかげから顔をだした。この顔をみて仰天したのは俺だった。女が大声をあげた理由も今、はっきりわかった。

こんなことって、あるだろうか。他人の空似という言葉がある。だがそんなどころではなかった。雨にぬれた路にたって、女のかげから俺をみた男の顔は――もし俺に双生児《ふたご》の兄弟があるならばこの男しかいないというほど――俺に何から何までそっくりだったのである。

二人は憎みあった仇《かたき》のように、しばらくの間睨《にら》みあっていた。咽喉《のど》から言葉も出なかった。

「馬鹿な……」

急に男がつぶやいた。そして女の腕を引きずると、

「行こう」

まるで世のなかで一番不愉快なものでもみたように、急ぎ足で歩きはじめた。

俺だって同じ気持だった。仰天した心のなかには、言いしれぬ不快感がまじりあい胸にこみあげてきた。なぜだかわからぬ。あれは俺が女房にかくれて情事をやったあとだったからだろうか。それとも俺とそっくりの顔をした男がやはり女をつれて、う

しろめたい歩き方をしていたからだろうか。

家に戻るまで胸がドキドキしていた。帰宅した時、いつもは何も気がつかぬ女房が、

「どうしたのよ。鏡なんか覗《のぞ》きこんで」

鏡にむかって、上衣《うわぎ》をぬぎかけたまま、じっと自分の顔をみつめている俺にそう言ったくらいである。

「美男子のつもり」

女房のことなどどうでもよかった。こっちはこのひろい大東京に、自分とそっくりな顔をした男がいたことが何とも言えぬ、ムズ痒《かゆ》い気持だった。

だが日がたつにつれてこの出来事は頭から次第に薄れていった。あの夜うけたショックもぼやけて、忘れてしまった。時折、テレビで「そっくりショウ」という番組をみる時、ふと思いだすことはあっても、もうそれほど不快感も起きない。

ある日、いつものように出勤して、机に腰かけた時、算盤《そろばん》を入れていた倉田俊子が言った。

「奥村さん」

「なんだね」

俊子はこんな官庁によくいるハイミスの一人だった。目鼻だちはそれほど悪くない

のだが顔色があまり良くない。婦人病じゃないかと蔭《かげ》で噂をする者もいる。彼女は随分、貯金をして、若い連中が飲代に困ると利子をつけて貸しているということも耳にした。

「世にもふしぎなことがありましたわ」

「へえ」

「何だと思います」

「千里眼じゃないから、わからないね」

「教えてあげましょうか。奥村さんとそっくりな人が、この東京にいるわよ」

「なんだって」

俺が突然、顔色をかえたので俊子はびっくりして、

「いえ。冗談じゃないんです。あたしだって驚いたんですよ。始めは奥村さんだと思って声をかけたりして、恥ずかしかったわ」

「どこでだ」

「小田急《おだきゅう》線のなか」

昨日は日曜だった。倉田俊子は江《え》ノ島《しま》にいる弟夫婦をたずねるために電車に乗ったのだという。やがて電車が鶴川《つるかわ》についた時、俺がその車輛《しゃりょう》に入ってきたわけだ。

「その人は空いた席を探しているようだったし、あたし、自分の横があいてたもんで

すから、手をあげて、奥村さんと声をかけたんです。そしたら、その男の人、びっくりしたような顔をして、私の横に腰かけて」

「腰かけたのか」

「ええ、そして、自分は奥村という名じゃなく松山というものだと丁寧にわびるのよ。本当の奥村さんより、ずっと礼儀正しく紳士的だったわ」

「そんなことはどうでもいい。だが、断わりもなしに、ぼくの名前をそんな奴に教えるなんてけしからんぞ」

「だって仕方なかったんですもの。でも言って悪かったかしら、あたし、その人に奥村さんがここの税務署にいることまでしゃべっちゃったけど。ごめんなさい。でも悪い人には見えなかったわ。大体、奥村さんみたいな顔の人はガラはよくないけど、根はそう悪くないんですもの」

我々の会話をきいていた同僚たちは、どっと笑いだし、そんな雰囲気のなかでは俺も今更、この無神経なハイミスを怒鳴りつけるわけにはいかなかった。

「ほんとに、奥村さんに、そっくりだったのよ。その人。そっくりなんて言うもんじゃなかったわ。奥村さんと双生児かと思われるくらい」

あいつだと俺は思った。そしてその男が鶴川という駅で午前中、小田急に乗ったというからには、奴はそこに住んでいるのだなと考えた。

ている。


「花房君」

俺は昼休み、別の課にいる花房という男のところに行った。花房が小田急で通勤していることを知っていたからである。

「花房君、鶴川というのはどういうところだね」

「鶴川ですか」

野球の好きなこの青年はグローブをもって仲間と食後のキャッチボールをやりにいこうとしているところだった。

「小さい駅ですよ。まだまわりに住宅がたってなくてねえ。駅前に十軒ぐらい商店が並んでいるようなところだけど……土地でも買うんですか、あそこに」

「いやあ、別に」

人間というのはどうもおかしな動物だ。一度は忘れかけていたのだが、倉田俊子のおかげであの男のことをまた思いだすと、どうも気になる。自分とそっくりの男が一体どんなところに住み、どんな生活をしているのか知りたいような気がする。

しかし、それっきりだった。俺は鶴川までわざわざ出かけて、奴のことを調べることはしなかったし、それだけの実行力もなかった。

女とは月に一度か二度、会う。あの旅館をやはり使っているのだが、あれっきり、松山とか言う「俺にそっくりな」男には、その近所でも出会わない。だが女をだきながら不意に俺は思うことがあった。

(野郎も、女と寝る時は……今の俺とそっくりな顔をしているのかな)

それは妙に不潔感がして不快だった。なぜだかわからない。


夏がきて、秋がきて、冬がきた。また俺はすっかり、あの男のことを忘れていた。

ところがどうだ。飛んでもないことが持ちあがったのだ。

出勤して一時間ほどすると女の子が郵便物を持ってくる。その日も俺は大きな音をたてて茶をすすりながら、郵便物をひっくりかえしていた。そしてそのなかに見なれぬ女文字で書いた白い封筒を発見したのだ。

読んで驚いた。身におぼえのないことだったからである。

「そちらに電話をかけても手紙をだしてもいけないという約束ですから、今日まで我慢していたのですが、あれきり全然、連絡してくださらないのですから、約束やぶってもそちらさまの責任ですよね。わたし知りませんよ。とに角、会う会わないの前に飲み代の千五百円をはらってください。千五百円だってこちらには大事な収入なんですから。今週中に送ってもらえないなら、そちらに出むいても取りたてます。塩原とみ子」

はじめは何の意味かさっぱりわからなかった。どうやらこの差出人の女は踏みたおされた飲代を俺に請求しているらしかった。いや、俺じゃない。俺はもちろん塩原と、み子という女なんか知らないし、第一、千五百円ぐらいの飲代をいくら何でも踏み倒すものか。

(あいつだ)

すぐ思いあたった。あの松山とかいう男が俺の名をかたったに違いないのだ。そして無銭飲食をやらかしたに違いないのだ。

(なんてケチな野郎だろ)

いつか会った時、奴はそれでも小ざっぱりした背広をきていた。少くとも千円や二千円ぐらいは何とかなるサラリーマンにみえた。それがこういうことをするのは、おそらく酒に酔って思いついた悪戯《いたずら》だろうが、何としても不快だった。

(とに角、このとみ子とかいう女にここに尋ねてこられてはかなわん)

俺はそう思ったからすぐ葉書をだして、事情を説明した。そして、その人物は俺の名をかたっているのだと書いてやった。

にもかかわらず、女という奴は他人を信用せん。翌週の月曜日。

「御面会ですよ」

受付の女の子が電話をかけてきた。

「塩原とみ子さんという方です」

俺はあわてて階段をおり、一階の受付まで駆けていった。和服をきた三十一、二ぐらいの鼻のたかい女がたっていた。受付の女の子が好奇心のこもった眼でジロジロこちらをみつめている。

「こっちに来て下さい」

俺は塩原とみ子を前の喫茶店につれこんだ。

「困りますな。俺じゃないんだ。あなたのたずねている人は」

「えっ？」

塩原とみ子はジロジロと俺をみつめた。

「ほんまやわ。でも、こんなことってあるんかしらん。あんた、あの人にそっくりやわ」

「冗談じゃない。あの男が俺にそっくりなんだ。だから困っているんですぜ。こっちは」

「でもイボがないさかい、わかったけど」

「イボ？」

奴は、あごの下に大きなイボがあることがこれでわかった。なんと汚ならしいものをつけているものだ。

話をきくと四ヵ月前から、松山は新宿にある塩原とみ子の店で酒をのむようになったらしかった。

「千五百円なんか、わたし惜しゅうはないけど、うちのキクちゃんにもうまいこと言いよって」

「言いよって？」

「そうよ」とみ子はまるでそれが俺であるかのように睨《にら》みつけながら「もっと給料のたかい店に世話してやると言うて……それに俺は税務署員だから、税金の時は何とか話をつけてやると言うもんやから、キクちゃんもあたしもすっかり信用してしもうて……」

「え？」

「だって税務署の人やったなら、何かと役にたつ思うたもんやからつい、あんたと旅館に行ったんやないの」

「旅館に行ったんか」

「そうよ。つい、あんたと」

「おい、間違わんでくれ。俺じゃあない」

「そうやった。でもよう似てるもんだから……」

畜生、野郎、うまいことやりやがって、このおばさんのほかにキクちゃんとかいう女中まで手をつけたわけか。しかもこの奥村三平の名を使いよって……。

「そんな……損なことが……あるもんか」

「なにが、損ですねん」

「あたり前じゃないか。奴はあんたやキクちゃんと寝た。しかるにだ。名前を使われた俺は何ひとつ、あんたとねとらんじゃないか」

「あら、何、言うてますねん」

とに角、塩原とみ子を帰したあとも俺の腹わたは煮えくりかえるようであった、こうなっては断じて松山某なる男をとっつかまえ、チョキンチョキンにせずんばこちらの腹の虫もおさまらない。

それに断わっておくが塩原とみ子と飲んだ珈琲《コーヒー》代百二十円だって俺が払ったのである。それもついでにとりかえしてやる。

土曜日の午後、俺は小田急にのって鶴川にでかけた。電車賃、片道、百円なり。これだって奴から取り立てる権利がある。

新宿から鶴川までは随分ながかった。多摩《たま》川をとっくに過ぎて、幾つもの小さな駅を通過しても、まだ着かん。

(なぜ、野郎、こんな片田舎に住んでいるんだ。間代を倹約しやがって)

俺はそこまで癪《しゃく》にさわりながら、やっと到着した小さなプラットホームに降りたった。花房青年が言ったように、なるほど駅前にはチョコチョコと十軒ほどの店が並んでいるだけである。そのほかは、やっと建ちはじめた住宅があちこちの雑木林《ぞうき》や丘陵に点在している。

俺は手前の小さな薬局に飛びこんだが、こちらの予想通り、硝子《ガラス》ケースのうしろに立っていた親爺《おやじ》はびっくりしたように、

「鈴木さんじゃないか。一体、どうしたんですよ」

おや、と俺は思った。そうか。奴の本名は鈴木だったのか。それにしても松山などとよくもデタラメの名を倉田俊子に教えたものだ。

「困るねえ。引越しするならチャンとあの薬の金を払っていってもらわなくちゃ」

俺はここでも説明するのに一苦労だった。だが、イボがないあごを見せることで親爺もやっと納得すると、

「そうかねえ。それにしても似てるねえ。実に似ている」

「そのおかげでこっちは迷惑至極ですよ。鈴木はどこに引越したんです」

「それがわかれば泣きゃしませんよ。うちだけじゃない。酒屋のほうもあの人の行先を知りたがっていますぜ」

「勤先はどこです」

「なんでも渋谷のほうだと聞いたが。カツラを作っている会社だって。口のうまい人でね。おじさん、頭が薄くなったら自分の会社のカツラをかぶるといい、決してわか

りはしないし、自分が口をきけば格安にしてやるなんて言っていたが……」

「調子のいい野郎だ」俺は思わず小声で叫んだ。「こうなったら意地でも探しだしてやる」

薬屋の出口にたちどまり、俺は主人のほうをふりむいて、

「ところで、鈴木の奴、お宅で何の薬を買ってたんです」

「インキンです。インキンの薬」

「ちぇッ」

自分とそっくりの顔をした男がインキンに悩まされていたとは聞くだけ頭にきた。鶴川から更に渋谷まで引きかえす。これに要した電車賃が百十円、さっきのと合わせて計、二百十円の出費だ。

渋谷にくると俺は公衆電話のボックスにもぐりこんで急いで電話帳をめくった。土曜日の午後、目の前を若い男女や学生たちが浮き浮きと歩いてやがる。こっちはそれどころの話ではない。

カツラ屋と聞いたが渋谷にそんな店はない。鈴木の奴はまた嘘をついていたのかと思ったが、そのうち、思いあたった。レオンカトーぺとかボアシャポーとか、よく週刊誌にカツラ製造販売会社の広告がでている。あの種の会社だなと、気がついたのである。そこでレオンカトーぺに電話をかけて訊《たず》ねると、

「渋谷なら、フサフサー社でしょう」

親切に教えてくれた。

フサフサー社は東急ビルのすぐ近くにあった。貸ビルの五階がその事務所である。土曜日の午後、事務所には二、三人の社員が残って花札をやっていた。例によって向うはびっくり。ここでも、釈明をした揚句、

「やめましたよ」

友だちのやるのを背後で見ていたワイシャツの男が教えてくれた。

「一寸《ちょっと》、事情がありましてね」

「事情というと」

「行先を知っているならこっちが知りたいくらいだ。競馬の金の穴埋にお客さんの金を入れましてね。首になったんです。あんた、鈴木とそっくりだが、まさか兄弟じゃないでしょうね」

「冗談じゃありません」

五階から四階におりる階段の窓から灰色の海のような東京の街が拡がっていた。俺とそっくりの顔をした男が生活の敗残者となってこのビルの海のどこかに住んでいるのかと思うと、俺は妙に感傷的にさえなってきた。

そんな男なら、また俺の職業と名とを使ってどんなことをやるかもしれないわと、

事情を知った女房がしきりに言う。俺もひどく心配になってきた。

「交番に相談したほうがいいわよ」

「そうだな」

しかし交番に行く気にもなれず、そのまま放っておいて二ヵ月すぎた。そして昨年の十二月に事件にぶつかってしまったわけである。


俺は浅い眠りから起された。例の旅館で情事のあと、女が風呂《ふろ》につかっている間、俺は乱れた布団の上でつい、ウトウトとしていたのである。

「ね、起きてよ。起きて」

女の声は上ずっていた。

「どうしたんだ」

彼女は黙ったまま、部屋の隅においてあるテレビを指さした。ぼやけた俺の顔がうつっている。いや、俺の顔ではない。あいつの顔だった。鈴木の顔だった。ニュース解説者がその大きくうつった顔の前で、解説している。

「本日、杉原厚生大臣のお孫さん、清高ちゃん、六歳が誘拐されました。清高ちゃんは新宿区角筈《つのはず》の幼稚園からの帰りに、道路にとまっていた自動車の男が突然だきかかえて車のなかに引き入れ、遁走《とんそう》したのであります。ただ今のところ、この自動車は新宿レンタカー・クラブの車であり、借主は東京大田区《おおた》、田園調布《でんえんちょうふ》三ノ二の鈴木次郎と判明しました。なお鈴木は二日前から行方をくらましています。目撃者である清高ちゃんの家の女中さん大島うめさんの話によりますと、車には若い女性が同乗していたとのことです」

女は俺の顔をみつめた。まるで俺がこの犯罪をやったかのごとき顔つきで、

「あんた、どうするのよ」

「馬鹿言うな。何の関係があるんだ」

「帰るわ。巻ぞえ食ったら嫌だもん。あんた、どうせ不審訊問《じんもん》にひっかかるわよ。写真だってまわっているんだもん」

「俺じゃ、ないってば」

「わかっているわよ。あんたにはとてもこんな大それたこと、できる筈はないから。でも必ずあんた警官に怪しまれるわよ」

女は急いで洋服にきかえ、トットと旅館から出ていった。何と薄情な奴だろう。しかし女の言う通り、変な訊問にひっかかって取調べでも受けたら大変だ。俺も大急ぎで旅館を出て、家に戻った。

女房もテレビを見て蒼《あお》い顔をしている。もちろん、彼女は俺が今日の事件をやったと思っているのではない。

「あなたにできる筈ないから」あの女と同じように俺を馬鹿にして「その点は安心なんだけど……近所の笑話の種になるのがいやなのよ。犯人とあなたが余り似ているから」

そのあげくムチャクチャにも、

「どうして似たのよ。誘拐犯人なんかと」

ムッとした俺はとも角、交番に行った。中年の巡査も苦笑しながら、

「なに、自分は鈴木じゃないという証明書をくれって。それは前例がないから、でけんですなア、ハ、ハ、ハ」

翌日、風邪も引いとらんのに大きなマスクをして出勤した。バスの中でも乗客が俺の顔を胡《う》散臭《さんくさ》げに眺めているような気がしてならん。彼等がひろげた朝刊にはもちろん、馬鹿でかい活字で厚生大臣の孫の誘拐事件が掲載されている。昨夜、犯人の鈴木は杉原邸に電話をかけて「子供は元気だ。詳しい交換条件は明日の十二時に連絡する」といったそうである。

税務署ではみんな俺が出勤するとピタリと話をやめた。それがかえってこちらの気持に突きさささる。何ともやりきれんのである。だから、俺はわざと昼、パチンと皆の前でテレビをつけてやった。皆も手を動かすのをやめて画面のニュースに眼をむけている。

「杉原厚生大臣の孫、清高ちゃんの誘拐犯人のニュースであります。鈴木は今日、五百万円を要求したほか、これで子供を失った肉親の気持が厚生大臣にわかったろう。それなら全国の精薄児、身体障害児童、保育所の予算をまわせ。要求した五百万のうち三百万円は自分も施設に寄附するつもりだとヘンな要求を電話でしてきました。なお……」

倉田俊子が俺の顔をじっと見ている。嫌な女だ。

「なお、清高ちゃんは電話口で『あなたの噛《か》んだ小指がいたい』の代唄《かえうた》『あなたのなめたオヘソが痒《かゆ》い』を元気よく歌い、鈴木になついているようであります」

「えらいじゃないの」

突然、俊子が叫んだ。

「断然、男らしいわね。そりゃ、やり方には疑問あるけど、ウジウジして何ひとつできん男たちにくらべて、何だかスカッとしてるわ。魅力あるわ」

ほかの女の子たちも俊子のこの言葉に大きくうなずいた。誘拐といっても捕えられた子供が全く元気で犯人に可愛がられ、

あなたの、なめた、オヘソが、かゆい

などという唄まで教えられているのが彼女たちをホッとさせたにちがいない。その上、奪った金の三百万円まで児童施設に寄附すると言っているのだ。金嬉老《きんきろう》よりもっ

と大衆の気持をよく摑《つか》んでいる。

「伝書鳩のように勤先と家とを往復する男たちより、この鈴木のほうがイカスわねえ」

俊子はそう言って、また俺の顔をじっと見つめる。まるで、顔はそっくりでも、奴と俺とは月とスッポンだと言わんばかりである。

ほかの男たちもとんだ藪蛇《やぶへび》にびっくりしてテレビから離れ、コソコソと机で、昼弁当やライスカレーを食いはじめている。そのわびしい姿をみると、俺は自分もこの一人かと思い、

「あんたなんかには、とてもそんなことできないわよ」

といった女の言葉も心に甦《よみがえ》って、鈴木に一種の口惜しさと羨望《せんぼう》感さえ感じはじめていた。俺と顔がそっくりの男。そっくりの男が今、この大東京で、新聞やテレビを騒がせているのに、同じ顔をした俺のほうは、勤先きの事務机で、まずいライスカレーを肩を落して食っている。そして俺はあの鈴木のことが不快で癪《しゃく》にさわってたまらぬのに、もう一方では、彼を羨《うらや》みはじめている。その感じは何とも言えず奇妙だった。

午後五時まえ、俺は顔がわからぬように大きなマスクをつけて三軒茶屋《さんげんぢゃや》の裏通りにたっていた。

こんな所にきて俺自身が犯人とまちがわれるかも知れない。それを百も承知でここ

に来たのは、どうしても胸に起った衝動を押えきれなかったからだ。

いつの間にか、俺には鈴木が俺の分身のような気がしてきた。今まで小心な臆病《おくびょう》な人生を送ってきた俺には、自分とそっくりな顔をしたあの男が大それたことをしでかす場面をとても笑いながら見送るわけにはいかなかったのだ。

税務署に勤めているおかげで、俺は新聞記者を一人よく知っていた。その記者がうちの税務署でかなり大口の会社の脱税があった時、調査にきて俺が色々と便宜を計ってやったことがあった。その恩を返してもらうつもりではないが、皆にわからぬように電話をかけてみたのである。

「うんうん。あまりあんたと鈴木がよく顔も似ているので、こっちから、今、からかい電話をかけようと思っていたのさ」田口というその新聞記者は笑いながら言った。

「そうか、そうか。あんたも、迷惑だろうな。え？　鈴木が子供をわたし金を受けとる場所を教えろって。そりゃ駄目だね。警視庁では、極秘にしておるんだ。もちろんだよ。皆に来られちゃあ、犯人に逃げられちゃうじゃないか」

たのむと俺は幾度も哀願した。決して邪魔をしないところで見ているからと言った。

「どうして、そんなに見たいんだ」

「私と……あまり顔が似とるもんだから……他人《ひと》ごとに思えなくて……」

この一言が新聞記者の心を動かしたようだった。受話器の向うで急に声をひそめる

と、

「そうか……じゃあ教えよう、午後五時、世田谷《せたがや》三軒茶屋にあるMという店の前だよ。だが刑事に間ちがえられなさんな。鈴木と似ておるんだから、危いぞ」

その危険性は今、マスクをかけたまま玉川《たまがわ》電車で三軒茶屋におりた時から始まっていた。夕暮、この小さな盛り場は平生と同じように人々で雑踏している。Xマス《クリス》セールの看板がならび、夕飯前の買物籠《かいものかご》をぶらさげた主婦や勤めがえりの男女が、何も知らず歩きまわり、ジングルベルの旋律が拡声器からきこえてくる。

なぜ、こんな場所を鈴木がえらんだのかわからない。そしてどこに刑事たちが変装してかくれているのかもわからない。

俺はこちら側の本屋に入って本を読むふりをしながらM店のほうを窺《うかが》った。いる。一人の面ながの中年婦人が人待ち顔にじっとたっている。あれが誘拐された清高ちゃんの家族なのだろう。

俺はヒッチコックの映画でも見ている時のように胸がドキドキしはじめていた。こんなすごいことを鈴木が今、やろうとしているのだ。

(子供は返してやれ。しかし五百万円はうまく受けとれよ)

いつの間にか俺はそんな悪いことさえ考えはじめていた。彼を応援しているような気持になってきたのである。

本屋の中には高校生たちが参考書をあさっている。しかし刑事らしい男はどこにもいない。その本屋の壁にかかっている時計が今、五時をさそうとしている。面長の中年婦人はまだ、M店の前にポツンと立っている。小さなつむじ風がその着物の裾《すそ》を大胆に持ちあげているのに、それを押えようともしない。必死で立っているのだ。

五時五分。まだそのままである。玉川電車が停って学生や勤人を吐きだす。車が右往左往通過していく。吐きだされた男女がM店の前に立った婦人の姿を消してしまう。何も変らない。

おや、婦人が見えなくなった。俺は読みさした本をそこにおいて店を急ぎ足で出てみた、いないのである。

いや、いた。彼女はさっきの店から二十米《メートル》ほど離れた歩道にしゃがんで子供をしっかりと抱きしめていた。二、三人の男がバラバラと駆けよってその婦人に何か話しかけている。刑事だ。どこかにかくれていた刑事である。

婦人はこちらの方角を指さしている。俺のほうを指さしている。

(間違われる。俺だと思われる)

突然、本能的に不安を感じて、俺は走りはじめた。その時、すぐ前で一台のベレルが動こうとしていた。フロント硝子《ガラス》を通して鈴木の顔が見えた。俺とそっくりの鈴木の顔が見えた。

夢中でそのベレルに飛びついた。ゆがんだ彼の顔がこちらをふりむき、俺は大声で、「逃げろ。しかし三百三十円、いつか、かえせ。お前のために使わされた珈琲《コーヒー》代百二十円と電車賃、二百十円をいつか返せ」

車は俺を五米ほど引きずり、それから俺が車道にころげるとそのまま疾走した。

「逃げろ。逃げろ」

俺はたち上りながらまだ叫んでいた。その俺の横を、今までどこにかくれていたのか突然姿をあらわした白バイが二台、猛然として通過していった。

鈴木のベレルは百米ほど離れた電柱に大きい音をたててぶつかった。白バイがその横にすぐ停った。硝子が粉々《こなごな》に飛び散った。歩道を歩いていた人々が仰天して足をとめた。

ふてくされた鈴木はゆっくり車のなかから出てきた。その頬に血がながれていた。そして白バイの警官と、あとを走ってきた三人の男たちに腕をつかまえられた。

もう沢山の人々が集まってきた。傍を走っていた車のなかで停るものもあった。人々は今、はじめて誰かがここでつかまったことに気がついたらしかった。

その時、俺と同じ顔の男が、俺のほうをむいてニヤリと笑った。俺と同じ顔の頬に真赤な血がひとすじ流れていた。俺と同じ顔が、俺を嘲《あざ》けるようにニヤリと笑った。

それは俺の分身だった。俺の分身が――毎日、伝書鳩のように勤めに通い、昼にはライスカレーを食い、そして月に二回、女房にわからぬようビクビクしながら浮気をしている俺を笑っていた。

尺八の音《ね》

「明日、出張するよ」

と彼が洋服を着がえながら妻に言うと、台所で包丁の音をたてていた妻は、

「そうですか」

別に驚いた様子もない。雑誌記者の夫にはこれまで月に一度や二度の旅行はあたり前のことだったからである。

「何日ぐらい」

「二日。ひょっとすると一日のびるかもしれん」

着がえをすませて彼は窓の外の夕焼けを見た。平生はこんな夕暮に帰宅することなど滅多にない秋山には、団地のむこうにそこだけ切られずに残っている雑木林とその上に拡がる茜色《あかねいろ》の夕焼雲をじっと見るなど近頃、珍しいことだった。雑木林は黒い塊《かたまり》となって夕焼けのうつくしさを引きたてていた。

そういう美しいものを見ると彼はかえって自分の枯れ果てた心を哀しく思った。学

生時代とちがって今の彼にはながい間、夕焼けをじっと見るような気持の余裕がなくなっていた。仕事と生活に追われているうちに、心は毎日はいて会社に行く靴と同じように摩滅し、何ごとにも感動せず素直ではなくなっていた。

「子供は」

「おばあちゃんのところに行ってますけど」

「あまり年寄りたちの家にやらぬほうがいいんじゃないか」

妻は黙っていた。聞えぬふりをしていたのかもしれぬ。彼女は食卓の上に彼のコップとウイスキーの瓶をおきながら、

「今度はどこに行くんですか」

とふと、たずねた。夕刊に眼を落しながら彼は、

「東北のほう」

とそれだけしか言わなかった。妻もそれ以上、たずねなかった。

翌日、羽田《はねだ》から全日空の飛行機でS市にむかった。乗客は半分ほどで、彼は周りに人のいない後尾の座席に腰かけた。空はよく晴れて機内は心地よい暖かさで少し眠くなるぐらいだった。彼は鞄《かばん》から死刑囚、花田耕一の切りぬきを出して眼を通したが、それはすべて二十二年前の新聞を切りとったもので社の女の子が昨日複写しておいてくれたものである。

この死刑囚について彼はほとんど思い出がない。事件が起こった昭和二十三年といえば秋山がまだ小学校三年になったばかりの年で、そんな事件を知らぬのが当然だった。

この前の編集会議で、S市に行くように編集長から言われた時も、特にこの事件や犯人の花田耕一にたいする関心は秋山の心にほとんど起きはしなかった。彼はあまり気のない表情をして、ぼくが行ってきますと編集長の命令にうなずいた。

秋山はこの半年、編集長がたてるプランにはそれほど興味を感じなかった。戦中派の編集長は自分自身に昔、生々しかった事件や出来事がすべて若い連中の好奇心をひくと錯覚しているらしかった。今度の場合だって終戦直後の日本に起った五つの大きな犯罪をとりあげて「その犯人や被害者は今、どうしているか」を柱にくむというプランに秋山は気がのらなかった。

「読者は全部が全部、老人や戦中派とは限りませんよ」

彼は心のなかでそう呟《つぶや》いたが、流石《さすが》にそれは口に出さなかった。そんなことを言って生意気だと先輩たちから睨《にら》まれる必要は少しもなかった。

窓の下を見おろすと褐色の山脈が皺《しわ》のよった毛布のように拡がっている。スチュワーデスが頰のあたりに作り笑いをうかべながら乗客たちにケーキの入った箱をくばりはじめている。そのスチュワーデスの腕が意外に陽にやけて毛ぶかいのが秋山の心をそそった。

切りぬきによれば花田耕一がやったのは彼が大学生だった二十三歳の時、一緒にいる義理の母親とその連れ子とを計画的に殺した事件である。学生は死んだ父親が長い間、愛人にしていた義理の母親を恨み『罪と罰』のラスコリニコフのように細かい計画をたてて、その通りを実行した。義母だけでなく、十四歳になる少し頭のおくれたそのつれ子までも風呂場《ふろば》で殺したのである。

終戦後四、五年の日本には、まるで体内の膿《うみ》でもでたようにこんな殺人事件が連続していくつも起こった。それなのにこの事件が特に皆の記憶に残ったのは、花田耕一が犯人だとわかるまでは推理小説のように事件が二転、三転したからである。学生は事件の直後、実に上手にアリバイを証明したし、進んで警察に協力していたから、誰もが当初はこの青年がホシだとは思わなかった。それが犯人だとわかると今度はその手口の残忍さと冷静な計画に皆は驚いたのだ。

秋山はスチュワーデスの配った菓子箱をあけ、あまりうまくもないケーキを頬張りながら新聞にのっている幾つかの写真に眼を落した。

一つは警察署から出て取調べにむかう花田で、群衆にとりかこまれて上衣で顔をかくしている彼の姿である。もう一つは学生服を着た花田の写真だった。まるい眼鏡をかけて当時、かなりの学生がそうだったように頭を丸坊主にしている。眼鏡の奥の二つの眼はどこか気が弱そうで、臆病《おくびょう》なように見える。どこにでもいるそんな平凡な顔から、二人の女を殺した兇悪《きょうあく》な殺人犯人を想像することはむつかしかった。

秋山は切りぬきを鞄にしまうと、欠伸《あくび》をしながら眼をとじた。あれから二十二年、花田は今四十数歳になっている筈《はず》である。秋山が生れてから今まで社会にも彼自身にも色々なことがあったが、花田はその間ずっと刑務所のなかで生きてきたのだ。まるい眼鏡をかけた丸坊主の顔はもう、編集長のようにくたびれた中年男の容貌《ようぼう》に変ったにちがいない。

にもかかわらず秋山にはこの死刑囚にたいする憐憫《れんびん》もそれほど起きなかった。医者が病人の一人一人に同情を寄せていては身がもたないように、雑誌記者の彼も毎号、記事にする相手に親身になってはいられなかった。明後日かその次の日、帰京して原稿を書けば次の仕事が彼を待っていた。それで花田と自分との関係は終りになるのだった。

彼は切りぬきを鞄にしまい、欠伸をしながら眼をとじた。さっきのスチュワーデスが近よってきて、

「枕をお使いになりますか」

ときいたが首をふった。一眠りして眼をあけると眼下に海があった。陽をうけた海は針をまきちらしたようにキラキラと光っていた。

S市に来るのは二度目である。この前、来たのも仕事で、あれは確か年の暮れだった。街がひどく寒かったのを憶《おぼ》えている。もう一つ、記憶にあるのはこの街の飲屋で、大きな朴《ほお》の葉に味噌《みそ》をのせてそれを炭火の上におき、酒の肴《さかな》にしてくれたことだ。秋山は仕事よりも、もう一度、あの焼味噌で酒を飲みたいと思ったぐらいである。

ホテルから東京で既に連絡をしておいた刑務所長に電話をかけた。あと一時間ほどすれば体があくという秘書らしい女の子の返事だった。

果物籠《かご》を果物屋で包ませてタクシーを拾った。午後の弱い陽が街と街をとりまく山脈とにさしているのを眺めながら、この前、来た時にはあの山にあんなテレビ塔のようなものはなかったのに、と思う。すべての地方都市と同じように午後の陽をうけたこの街も個性や特色がなくなって東京近郊のどこかの町のような姿に変りつつあった。

刑務所の長い塀が右にみえた。鉛色のその塀はどこまでも続き、ところどころに城楼のような監視所が建てられている。塀にそった道の向うから帰校する中学生が三、四人自転車にのってこっちに向ってくる。

「そこで止めてください」

いかめしい鉄門の前で車を捨てて守衛に用件を告げると、守衛はそれを確かめるため受話器を耳にあてて中の事務所と連絡をとってから、

「向うに見える木造二階の建物です」

と言った。

塀にそって同じような住宅が並んでいるが、これはいずれもここにいる公務員たちの官舎らしかった。窓をあければ眼の前に高いコンクリートの塀がある——そんな家に住む憂鬱《ゆううつ》さを秋山は漠然と考えた。

ひどく静かだった。何処に囚人たちが住んだり作業しているのかわからない。高い厚い塀のこの一劃《いっかく》だけは街からも世間からも全く隔絶している。頑丈な塀を見ているとそれだけで圧迫感があった。花田はここで二十二年間、一歩も外に出ず、外に出されず処刑を待ちながら生きてきたわけである。

「所長の古田です」

ひどく古風な応接間で、洗濯をもう何十回もやったような白い味気ないカバーをかぶせたソファに腰かけていると、小肥《こぶと》りの頭の禿《は》げあがった男が扉を押して入ってきた。古田所長はあちこちのポケットに手を入れ、やっと眼鏡を探すと、しばらく秋山の名刺を確かめるように眺めていた。扉がまた開いて、女の子が丁寧に頭をさげ、蓋《ふた》つきの茶碗《ちゃわん》を卓上において、また丁寧に頭をさげて出ていった。

「花田と話されたいという御希望のようでしたが……」

所長は茶碗の蓋を一寸《ちょっと》あげ、困ったように眼をパチパチとさせた。

「実は規則で……。何分、死刑囚の一人なものですから」

「こちらはその点、かまいませんが」

「いや。そうじゃなく、死刑囚というのは気持の上で敏感になっておりますから……雑誌・新聞関係の方たちにはなるべく御遠慮ねがっているわけでして」

しばらく押してみたが、この外見人の良さそうな所長は規則という点になると、どうしても首を縦にふってはくれなかった。秋山は、花田と一番、接触している人と会わせてくれと頼んだ。

「それは医者の木内先生でしょうな」

所長はふたたび血色のわるい唇に微笑をとり戻して、

「花田は三年前から囚人の健康管理に来て頂いとる木内先生には、心をうちあけとるようでして」

「その先生を御紹介ねがえますか」

「それは構いませんです。名刺をお書きしましょうか」

秋山はポケットからメモをとり出して、現在の花田のことを色々とたずねはじめた。

「花田は十年前からクリスチャンになりましてな――明るうなりました。気持の上でも落ちついてきたようですな」

秋山は事務的にメモに今の所長の言葉を書きながら、

「しかし、よく死刑囚は刑期が近づくと仏のような善人になると言うじゃありませんか。花田もそれと同じですか」

「そうかも知れません。しかし花田の場合は死刑囚に特有な思いつめた暗さがふしぎに消えましたな。私も色々、死刑囚とつき合ってきましたが花田のように明るい顔になった男は初めてです」

「そういうことで点数をかせぎ、死刑囚から無期にしてもらうと言う下心が……あるとは思いませんか」

秋山のこの無遠慮な質問に所長はあきらかに当惑した表情を浮かべた。

「特別な恩赦のない限り」と所長はポツリと言った。「花田の死刑は変りません」

三十分ほど話をきき、メモを取ってから秋山は所長に礼を言った。買ってきた果物籠を渡そうとすると、手をふって、

「役目がら……こういう物を頂戴《ちようだい》するのは……」

と断わった。それでは花田にでも差し入れてくれと言うと、うなずいて、

「花田が刑務所の雑誌に書いとる文章がありますが読まれますか」とたずねた。もちろんですと言うと、先ほどの女の子をよび、そのうすい謄写版刷りの雑誌を二、三冊、持ってこさせた。

そのあと、秋山は建物の三階から囚人の農場や作業建物を見せてもらった。農場で

は作業服を着た囚人が十人ほど動いている姿が遠くに小さく見える。

「あのなかに花田も入ってますか」

秋山の質問に所長は黙って首をふった。

一人の外人が門からこちらに入ってくるのが見えた。背をまげて、ひどく疲れたような恰好《かっこう》で彼は建物のなかに姿を消した。


宿に一応、帰ってから市立病院に電話をして、所長に紹介してもらった木内医師に面会を申し入れた。

受話器の向うに出てきたのは想像していたより若い青年の声だった。

「ええ。結構ですよ。何処《どこ》に伺いましょうか」

木内医師からそうたずねられて、秋山はあの朴の葉で味噌を焼いてくれた飲屋のことを思いだした。

「藤の屋ですね。承知しました」

電話を切ってから彼はさっきのメモと、これも所長からもらった謄写版刷りの雑誌を卓上において頰杖《ほおづえ》をついた。

所長の話を聞いただけでは今の花田のイメージはうかばなかった。秋山の頭の隅には機内でみた学生服の丸い眼鏡をかけた顔だけがひっかかっている。どこか気の弱そうな平凡な容貌《ようぼう》の男である。それ以上、何もない。所長から花田がクリスチャンになって明るくなったと聞かされても、一向にピンとこない。

彼は畳の上に仰向《あおむ》けになり、部屋の天井をぼんやり見あげた。何処からか尺八を練習する音がきこえる。同じ曲の一部分をくりかえし、くりかえし練習しているのだ。練習しているのは客なのか、それともこの旅館の主人なのだろうか。

その時、秋山の胸にふと去年のある思い出がナイフの刃のように鋭く甦《よみがえ》ってきた。

それは東京の郊外の小さな医院だった。夏の土曜日の午後、秋山は一人の若い女とその医院に出かけた。女はもちろん彼の妻ではなかった。バスをおりてから友人にそっと教えてもらったその医院までの白っぽい道を秋山は黙って歩いた。女も黙ってうしろからついてきた。女の体のなかに秋山の子供ができていた。

医院の扉をあけると自動的に鈍いブザーがなった。玄関につづいてリノリウムをひいた小さな待合室があって、そこの机にふるい婦人雑誌や週刊誌がちらばっていた。シャツの上に診察着を着た男が不機嫌な顔をして現われ、秋山が友人の名をいうと、

「ああ」

と横柄にうなずき、それから女に、

「すぐ、やるかね」

とたずねた。女は秋山の顔をチラッと見てから怯《おび》えたようにうなずいた。

診察室と書いたすり硝子《ガラス》のうしろに医師と女とが消えると、秋山は週刊誌のちらばった机をじっと見つめながら腰かけていた。しみのついた壁に「あかるい健康、平和な家庭」と書いたポスターが一枚、ぶらさがっている。ポスターには赤ん坊をだいた若い母親の笑顔がうつっている。

突然、すり硝子のうしろから、短いが鋭い女の呻《うめ》き声がきこえた。それっきり、あとは静かになった。医師の影がすり硝子にぼんやりと動いた。夏の陽が窓から机のあたりまでさしこんできた。遠くでトラックのエンジンをかける音がした。

「終ったね、三時間ほどあそこで寝かせておいたほうがいいから」

やがて医師がすり硝子をあけて姿を見せ、事務的な声で言った。秋山は医師の診察着に赤い血のしみが一つ、ついているのを見つめながら、うなずいた。医師は姿を消すと、しばらくして奥から下手な尺八を吹く音《ね》がきこえてきた。

宿の天井を見あげながら秋山は、急に去年のそのことを思いだした。あの時の医院の壁も週刊誌のちらばった机も、壁にぶらさがったポスターもひとつひとつ彼は憶《おぼ》えていた。そして今、耳にしている尺八と同じように下手だった尺八の音も耳のずっと奥に残っていた。診察着に一つ、ついていた血のしみ……。

木内医師に会う時刻だった。彼は謄写版刷りの同人雑誌を一冊、手にもって宿を出た。タクシーに乗ってから、それを何気なく開けると、

「私がクリスチャンになったのはアルペ神父さまの話をきいたからです」

花田の書いている文章の一番はじめの、そんな言葉が眼にとまった。

「私がクリスチャンになったのはある人からアルペ神父さまの話をきいたからです。それまで私は教誨師《きようかいし》の先生たちから色々のお話をうかがっても、何か疑いの気持が残り、神とか仏とかを信ずる気にはとてもなれませんでした」

秋山は雑誌をとじて窓外に眼をやった。日は暮れて先程みえたS市をとりまく山並は蒼黒《あおぐろ》くさむく変色して、テレビ塔のような塔に赤い灯がまたたいていた。その灯を見ながら秋山はあの女は今、東京で何をしているだろうかと不意に思った。別れてから、もう一度も会っていない。

藤の屋に着くと、医師の木内氏は既に彼を待っていた。この店は方々に小さな囲炉《いろ》裏《り》が切ってあって、そこで客たちが自分で酒を温め、魚が焼けるようになっている。

木内医師は秋山とそう年齢も違わぬようだった。大きな眼鏡を童顔にかけてニコニコとした顔は、彼がまだ医局に入ってからそんなに年数もたっていないことを感じさせた。

「焼味噌《やきみそ》は温めかたがコツでしてね、うまく温めないと焼けたところ焼けぬところがまざりあいますからね」

若い医師は東北人らしく酒が好きなようだった。

「ぼくですか。ええ。ここ出身です。大学もここで。独身ですよ、まだ。ピイピイの医局員です。三年前から刑務所のほうでアルバイトをしています。内科じゃありません。神経科のほうなんです。内科のほうは別の医局員が出張してまして、ぼくは神経科医として……ええ。囚人のなかには軽度の拘禁性ノイローゼにかかったり、鬱病《うつびょう》になる人がいますからね」

杯を口に運びながら彼は白い歯をみせて笑い、うまそうに飲んだ。秋山は埃《ほこり》をかぶったような自分の内側を考え、ほぼ同年輩のこの医師に軽い嫉妬《しっと》を感じた。

「花田のことですが」と秋山はたずねた。「随分、変ったそうですねえ」

「と、みな、言ってますね」

「先生はそうお思いにならない」

「そうじゃありません。ただ、ぼくは昔の彼を知らないですからねえ」

「どんな風に変ったんです」

「どんな風って。ただ彼を見ていると、こちらがハッとする時がありますよ。ええ。ハッとする……何と言ったらいいのかなあ。娑婆《しゃば》にいるぼくらのほうがずっとうすよごれていて、彼等のほうが死刑囚としてのくるしみといつも闘っているうちに、ずっと奇麗なんだなという感じでしょうか」

甘いな、と秋山は酒をつぎながら思った。平生、仕事のうえで人間の偽善や虚栄心やドロドロとした心理にいつもぶつかっている秋山は、木内医師のような甘い考え方には反撥《はんぱつ》を少し感じる。結核患者が意志が強くなるのは病気を治したいからだ。死刑囚が我々より奇麗にみえるのは、娑婆にいる者の同情や憐憫《れんびん》のせいではないのか。

「すると花田がもう娑婆に出ても、危険じゃないですか」

「危険？　どうして危険なんです。花田が」

木内医師は少し怒ったように顔をあげた。

「しかし、彼は殺人をやったんですよ」

「神経科医としてぼくは囚人を沢山みてますがね。なるほど危険人物とどうしてもレッテルをはらねばならぬ者もいますよ。たとえば梅毒や遺伝のために脳に欠陥があったり、精神異常者やそれから先天的に意志が非常に薄弱な者――しかし花田や他のある死刑囚はそうじゃない。ぼくらと同じなんです。ぼくや秋山さんと同じ人間なんだ」

「でも彼は義理の母親とその子を殺したでしょう。冷酷な手口で」

木内医師は黙ってうつむいていた。女中がハタハタを火の上に並べはじめると、うまそうな匂いが鼻をかすめた。

「ぼくだって……」と医師はそのハタハタを見つめながら「花田のように一人っ子で母親に愛情をもち、その母親が病院で寝ている時、父親の愛人が家庭に入ってきて、勝手なことをすれば……憎まないと言うほうがおかしいでしょう」

「そんな論理ですと、すべて不幸な家庭をもった者は殺人を犯しても良いということになる」

「そうは言ってはいませんよ。ただぼくらだって、花田と同じ環境におかれれば何をしたかはわからないって言うんです。神経科医としても、本当にそう思いますよ。だからぼくらが何もしなかったと言っても、それは幸運や偶然によるところが多いので……」

木内医師はそこまで言うと自分が少し感情を表に出しすぎたのを恥じるように苦笑しながら、秋山の杯に酒をついだ。

「花田はクリスチャンだそうですね」

「ええ」

「宗教にたよろうと言う気持はわかるが……そんなにクリスチャンになって明るくなりましたか」

「全く朗らかになったとはいえないでしょう。誰だって死刑の日がやがて来ると思えば、気が狂いそうになるんですから。ただ花田は一生懸命、明るくなろう、ぼくらにも明るくふるまって気を遣わせまいとしているのが、目に見えてわかるんです。いつも頬に微笑をうかべましてね。しかし夜になると本当に辛《つら》いだろうな。いつお迎えがくるかわからないんだから」

「お迎え？」

「ええ。死刑日になりますと……」

「花田の場合はいつですか」

「それはわかりません。不意にくるんです。不意にくるから、死刑囚たちは夜が怖しいんです。昼は何となく気がまぎれますが。毎日、毎日、毎夜、毎夜、その不安と恐怖と闘わなくちゃならないんです。花田はそれと二十年間、闘って、それでもぼくらに微笑する人間になれたんです」

秋山には木内医師のこの言葉だけはジンとわかるような気がした。もし自分が必ずくる処刑日とその瞬間の我が身の苦痛を思いうかべて夜を送らねばならぬとすれば、それはもう耐えられぬにちがいなかった。

「二十年間か……残酷だな」

「残酷です。法務大臣たちは死刑実施の判は押したがりませんからね。もっとも彼にとっては一枚の紙と自分に関係のない人間の運命かもしれませんが」

「そこまで苦しんだのなら、刑を減らして無期にしてやるとか……」

「ええ。そう思うんですが特赦というのはなかなか無くてねえ。花田もきっといつか処刑されるでしょう」

木内医師は次第に酔ってきたのか、うるんだ眼で秋山をみた。

「いじらしいですよ、花田は。彼は器用でしてね。パイプなんか、うまく作りますよ。それで貯金した金を——わずかな金ですが毎月私に託して……何しているると思います」

「わかりません」

「身体障害の子供の施設に送っているんです」

「毎月ですか」

「ええ。毎月」

秋山のまぶたの裏にまた、あの坊主頭をした丸い眼鏡をかけた学生服の男の顔がうかんだ。もしその平凡な男が医師のいうように別の環境におかれたなら、郊外から満員電車に乗って勤め先に通い、勤め先から戻るとテレビを見、日曜日には子供のためにプラモデルの飛行機を作ってやる父親になっていたかも知れぬ。

藤の屋から木内医師と別れる時、少し酔ったらしい医師は、

「御馳走《ごちそう》になりました」

と頭をさげてから、表通りまで秋山と肩をならべて、

「生意気なことを色々、申しまして」

と詫《わ》びた。

「私がクリスチャンになったのはある人からアルペ神父の話をきいたからです。それ

まで私は教誨師《きようかいし》の先生たちから色々のお話をうかがっても、何か疑いの気持が残り、神とか仏とかを信ずる気にはとてもなれませんでした。先生たちから貸して頂いた本を読んでも、馬鹿馬鹿しいという感情がまず起こって、ありもしない神や仏のことを信じたり、それに一生を費やす人がよくわかりませんでした。

ある日、私は差し入れてもらった本のなかに小さなパンフレットを見つけました。当時、私にはあまり差し入れがなくて、読むようなものも、どこかの慈善団体や教会がまとめて送ってくれる本を時々、貸してもらうという状態でしたので、この時も無味乾燥なそんな宗教書の一冊だと思っていたのです。私はこのパンフレットは誰が送ってくれたのですかと皮肉に田口さんにききましたら、先日、ある外人がきて囚人に読んでもらえないかと置いていったという答でした」

秋山は旅館の布団の上に腹ばいになりながら、頁をめくった。

枕元においた電気が暗いので、ぼんやりとした字が読みにくかった。

「私は馬鹿にしながらそのパンフレットを開きました。暇つぶしという気持からでした。

アルペ神父は昭和十年に日本に来て、ずっとこのS市で布教をしていたポーランド人です。彼はここで智慧《ちえ》おくれの子供たちのために小さな家を作って、そこで働いていたそうです。

当時は日本人たちは外人というと何か嫌う連中が多く、特にこのS市のようにふるい町ではアルペ神父の仕事はなかなか思うにまかせず、神父は子供たちの食糧費を作るため、自分でバタ屋もやったことがあるそうです。

そんな頁を読みながら、私は自分と無関係の話のように思いました。なるほど、その外人はえらい人かもしれないが、自分とは世界のちがう人間のように思われ、読むのをすぐやめてしまいました。

あの頃、私は一羽の雀を飼って退屈をごまかしていました。刑務所では小鳥を飼うのは禁じられていましたが、その雀は、私が食事の時、とっておいた飯粒をもらえることを知っていて私が散歩の時間、中庭に出ると必ず塀から舞いおりてきて、私のすぐそばで鳴きはじめるのです。私は次郎という名を彼につけました。別に理由があったわけではありません。

その次郎がその頃、急に姿を見せなくなりました。猫に襲われたのかもしれません。私の退屈は更にましました。それでふたたびあのパンフレットを読んだのです。

昭和十六年にアルペ神父はポーランドに戻りました。日本では子供の施設の資金が集まらぬので本国で寄附を集めようと考えたのです。

そしてそこで彼は戦争に会い、やがてポーランドの多数の人にまじってベルゼンという収容所に入れられることになったのです。それは他の収容所と同じような生地獄で、多くの捕虜やポーランド人がほとんど食事も与えられずに殺されたらしいのです。らしいと言うのは、そのパンフレットのそれについて書いてある頁は検閲のために切りとられていたからです。きっとここの頁は私たち囚人には刺激が多いと刑務所では考えられたのだと思います。しかし残った前後の頁で私には大体想像がつきました。捕虜のなかから脱走を企てる者もいましたが、いずれも成功せず、その人たちはすぐに殺されてしまいました。それなのに脱走が次から次へと企てられたのは、よほど、収容所での生活が苦しかったからでしょう。（それにくらべてこのS市の刑務所に脱走者が十年もいないことは有難いことです。ハッ、ハッ、ハ）」

秋山はその最後の行を読んで思わず笑った。死刑囚の花田がこの行を書いたのは皮肉やお世辞のつもりではなく、ユーモアのためだったにちがいない。

「ある日、脱走がまた企てられました。それはアルペ神父と収容所の同じ棟にいる四人の人たちでした。神父たち他のポーランド人はこの人たちに時期をのばすように説得をこころみましたが、彼等は首をふりました。

四人はそれを決行して半時間もたたぬうちに軍用犬をつれたゲシュタポに捕えられ収容所につれ戻されました。

脱走者は見せしめのため、縦横一米《メートル》もない小さな箱に入れられて、食べものは勿論《もちろん》、水一つ与えられずに餓死させる刑を受けねばなりませんでした。

翌朝、収容所全員のならぶ前でこの四人が連れ出された時、列のなかから一人の男が進み出ました。そして収容所の所長に、この四人の一人の身代りにさせてくれと頼んだのです。

その人は妻もあり子もあるが、自分は神父だからいつ死んでもいい。だから身代りにさせてくれというのがその男の申し出でした。

彼がアルペ神父だったのです。

収容所長はびっくりしましたが、やがて神父の申し出を聞き入れました。神父は三人の男と一緒につれられて、収容所の北にあるその死の箱――縦横の長さが一米もない箱のなかに入れられたのです。二週間後、三人の男は死にましたがアルペ神父はまだ息たえだえに生きつづけていました。収容所長は神父に石灰の注射をして殺すように命じ、こうして彼は死にました。

そのパンフレットを読んだ時、私はまだ半信半疑でした。昔の話ならばとも角、今の世のなかにこんなアルペ神父のような人がいるとは思えなかったのです。しかもその神父がこの日本に来て、このS市に住んだことがあるとは嘘のようにさえ思えました。

私はそんな話は忘れようとしました。自分には関係のない別の世界の出来事だと考えました。

　だがある日、看守さんから面会人がきたと言われました。滅多に面会人などない私は少しびっくりしながら面会室に出ていきますと、見も知らぬ中年の外人が金網の向うに立っていました。古ぼけた帽子の縁を指でいじりながら彼は困ったように、

『今日は』

と挨拶《あいさつ》をしました。わけがわからずにびっくりしている私に彼はかたことの日本語で自分が送ったパンフレットは読んでくれたかとたずねました。

『はい』

と私がうなずくと、あのパンフレットを書いたのは自分だと説明しました。たどたどしいその日本語から私はこの中年の外人が日本に来てそう歳月もたっていないなと思ったわけです。あまり暑くもない日なのに彼は懸命に日本語をしゃべろうとして額に汗をかいていました。

『あの話はみんな本当ですか』

今度は私が訊《たず》ねると彼はびっくりしたように大きなハンカチで額をぬぐいながら、

『ほんと。ほんとのこと』

　と答えました。

『アルペ神父さんは本当に友だちのかわりに死んだのですか』

『はい』

『小さな箱のなかで』

『はい、小さな箱のなかで』

あれは、今思うと滑稽《こっけい》な、もどかしい会話でした。向うは私の日本語が時々わからず、金網に顔をおしつけ、私は同じ質問を二度、三度くりかえしました。隅で監視の警官が時々、腕時計をみて我々の話に聞き耳をたてていました。

私が信じられぬというと彼は悲しそうな顔をしました。気の毒になって私がその話は信じるけれど自分とは関係のない世界だと言うと、彼は日本語の意味がわからず、また悲しそうな顔をしました。

『でも……でも』

と最後に彼は言いました。

『アルペ神父さんがかわりに死にました人は……この私です』

あの時の彼の日本語がこの通りだったか、どうかわかりません。しかし彼はアルペ神父は彼の身代りであの収容所で死んだのだとはっきり言いました。茫然《ぼうぜん》として私は彼の顔を見つめました。

『時間だよ』

と警官が近よってきました。私はふりかえりながら、

『また、来てください』

と叫びました。

それから彼は二週に一度、来てくれるようになりました。マックス・クラインゾルゲというのが彼の名でした。クラインゾルゲさんは次に独逸《ドイツ》語のできる岡さんという学生をつれてきて、話はずっと楽になりました。この人は自分の身代りになったアルペ神父さんの『子供の家』を作るために日本に来たのだそうです。あの時、自分は死なねばならなかったのだから、その死を代って遂げてくれたアルペ神父さんの仕事をやろうと決心したのです。

その日から私は考えはじめました。同じ人間でありながら……」

秋山はその謄写版刷りの雑誌を閉じ、もう一冊、別の雑誌をひろげた。それには花田の日記が抜粋されて載っている。

「十一月二十八日。寒い。シャツをかえ、掃除する。風間さんが風邪だというので、襟巻を看守さんに頼んで届ける。

十一月三十日。子供たちから葉書。たどたどしい字で礼を言っている。何回も何回も読む。自分には子供がないし、子供はもう持てぬだけに、飢えた者のようにこの可愛い字を眺めて日をすごす。入浴の日」

電気を消して秋山は眼をつむった。まぶたの裏に坊主頭の丸い眼鏡をかけた花田の姿が前よりも鮮やかにうかんだ。そしてまた彼はあの女の顔を思いうかべた。郊外の小さな医院。リノリウムの待合室。週刊誌のちらばった机。すり硝子にうつった医者の影。短く、鋭い女の悲鳴。白衣の赤い血のしみ。あの瞬間、秋山も生れてこようとする一つの生命を殺したのである。尺八の音《ね》。間のびした尺八の音。

一週間後、彼は七時すぎまで社に残って仕事をしていた。同僚たちは一人帰り、二人帰り、水口という年下の編集員だけが、まだ机にうつむいて赤鉛筆を動かしていた。

「もう、すむかい」

秋山が顔をあげてそうたずねると、

「ええ。あと十分ぐらいで」

「すんだらやるか、これを」

秋山は碁をうつ真似《まね》をした。水口は初段で昼休みなど、一目おかせてもらって、時々ザル碁を闘わせることがある。

「いいですよ」

と水口は一寸《ちよつと》、笑いながら承知した。

茶を入れて二人で飲みながら、二番ほどやった。一勝一敗の成績だった。

「よし、決定戦だ」

水口が勢いこんで碁石を集めかかっている時、机の上の電話がなった。夜、だれもいない社内での電話は何か暗い音をたてる。

「ええ。そうです」

受話器を耳にあてていた水口がチラッとこちらを見て、

「秋山さん。あなたに電話です。S市の木内さんという人からです」

「木内？」

秋山はあの夜の礼状をまだ書いていない自分を少し恥じながら、受話器を受けとった。

「木内です。木内」

受話器のなかに雑音がまじって木内医師の声は跡切《と》れ跡切れに聞えた。

「お忙しいとこを……すみません。こんなことお知らせすべきか、どうかと思ったのですが」

水口は碁石を弄《もてあそ》びながら秋山の顔を眺めている。

「花田が……今夜、死刑執行になります。ええ。本人ももうわかっている筈《はず》です。聞えますか。死刑執行の夜は食事がちがいますし……それに死刑囚たちは第六感でお迎えを感じるんです。時刻ですか。十二時だと思います。ええ、今夜の。いつも、そうですから。ぼくもこれから会ってくるつもりです。所長が許可してくれましたから……」

受話器を切って、秋山はしばらく、ぼんやりと壁の一点をみつめていた。

「どうしたんです」

水口が心配そうに、

「何か、わるい知らせですか」

「この間、調べた花田が今夜、死刑執行なんだ」

「へえ。驚きだなあ。秋山さんが行った時はそんな気配はなかったんでしょう。そんなもんなんですね、執行というのは。不意に来るらしいですね」

しゃべっている水口の口の動きを秋山はただ茫然と眺めた。

「俺、帰る」

「決定戦はやらないんですか」

「ああ」

秋山は鞄《かばん》のかわりにしている紙袋をもって編集室を出た。階段に彼の靴音がもの憂く反響した。

どこかで飲みたかった。しかし行きつけの店に行き、店の連中に話しかけるのも、話しかけられるのも今夜は嫌だった。彼は寄ったことのないスタンドでコップを三、四杯あけたが、酔いは一向に来なかった。

十一時頃、家に戻った。

「早かったのですね」

と妻は少しふしぎそうな顔をしてたずねた。

「子供は」

「とっくに寝てます」

彼は着物に着がえて仕事の残りがあるから先に寝ろと妻に言い、S市から持って帰った謄写版刷りの雑誌を手にもって、食卓にむかった。

「十一月二十八日。寒い。シャツをかえ、掃除する。風間さんが風邪だというので、襟巻を看守さんに頼んで届ける。

十一月三十日。子供たちから葉書。たどたどしい字で礼を言っている。何回も何回も読む。自分には子供がないし、子供はもう持てぬだけに、飢えた者のようにこの可愛い字を眺めて日をすごす。入浴の日。

十二月一日。朝がた雀の声で眼をさます。次郎ではないかと聞き耳をたてたが、次郎である筈はない。雀の声。陽の光。光のなかにみえる埃《ほこり》。そんなものの一つ一つが残り少ない自分の人生にどんなに大事か、しみじみ感じる。ふしぎだ。昔のようにこわい夢をみて汗まみれで起きる回数が随分、へった。そのかわり、今日をしずかに味わおうという気になっている。他人のために死んだ人。しかし私は私のために死ぬ。他人のために死んだ人。自分の犯したことのために死ぬ私。大きなちがいだ。でも今はそれでいい。

十二月二日。看守の新井さんと話をする、子供の病気の話。女の子は物入りが多くて閉口するよと新井さんは笑っている……」

顔をあげると十二時を五分前だった。今、花田はどうしているだろう。房から連れ出されただろうか。彼は歩きはじめただろうか。秋山はすり硝子にうつる医師の影をじっと思いうかべた。机に散らばった週刊誌も壁にかけられたポスターも。

何でもない話

女が部屋を借りたいと言った。

「旅館なんかで会うのは嫌よ。どんなに小さくてもいいから一部屋、借りて、きめた日にそこで二人で会うの。あたしは御飯をこしらえたり、一寸《ちょっと》ばかりでもあなたの世話をしたいわ」

そう言われると女の心を半ば不憫《ふびん》に思いながら、彼は半ば困ったことになったという気がした。

「どんな女もやがては女房の真似ごとをするもんだな」

プレーボーイで通っている友人が前に呟《つぶや》いたのを記憶している。

「そうなると真似事でも一緒に生活しようとするものさ。この時が一番、危険だ。もう別れてくれないし、やきもちも焼くのだよ」

しかし結局、彼は女の申し込みを承知した。喜々として彼女は不動産屋に電話をかけ翌日からあちこちのアパートを歩きまわっているようだった。

「ねえ。一つだけ悪くないのがあったんだけど」

その次いつものように喫茶店で落ち合った時、彼女はストローを指に巻きつけながら報告した。

「代々木上原《よよぎうえはら》なんだけど、二間で二万円なの。それに権利金もいらないし……三ヵ月分の敷金は、勿論《もちろん》、あとで返してくれるでしょ。ただ少し古いのが欠点だけれど、風呂桶《ふろおけ》なんか変えると言ってるわ」

「風呂場もついているのか」

「ええ。とても小さい浴室だけれど」

彼は頭のなかで二万円か、と計算した。だが考えてみれば、一寸した旅館に泊って食事でもすれば月に二万円以上の金は今までかかっている。結局、女の奨《すす》めに従うほうが安あがりになるかも知れない。

「しかし部屋を借りるだけじゃ、すまないね。卓袱台《ちゃぶだい》も要るし、茶碗《ちゃわん》も箸《はし》もいるし……」

「そんなの、うちに余っているのを持っていくわ」

女は母親と弟とで住んでいる。広告代理店に勤めている彼女が、彼の働いているテ・レビ局に番組の交渉に来た時、二人は知りあった。そして、彼の演出した連続ドラマに毎回、やってくるうち、関係ができた。テレビ局では珍しいことではなかった。

「だから、さしあたって一組、布団を買うぐらいでいいのよ」

一組の布団という言葉に彼は思わず顔をあからめたが、女は平然とした表情をしていた。一年前、はじめて渋谷のホテルに泊った時、電気を消さねば洋服をぬぐことさえ出来ず、こちらの腕のなかで少女のように震えていた彼女のことを思いだして彼は憮然《ぶぜん》とした。

それは小田急の代々木上原駅にちかいアパートだった。朝、女の横で眼をさますと、窓の外で嗄《しやが》れたような鳥の声がよく聞えた。林がすぐそばにあってそこに群がる尾の長い野鳥が鳴いている。

「嫌な鳥だな」

枕元に腹ばって煙草をすいながら彼は女に言うともなく呟いた。昨夜二人が食べた皿がそばの卓袱台に乱雑に載っていた。女が何処《どこ》かで買ってきた夫婦《めおと》茶碗もそれにまじっている。それを見ると彼はふっと眼をそらせ、細君と幼稚園に行っている娘のことを思い出した。もちろん細君はなにも気がついていない。

遠くで電車が走る音が聞える。そのせいでもあるまいにアパートの硝子《ガラス》窓がかすかにゆれる。隣室はどんな人が住んでいるのかも知らない。

しかし彼はこのアパートを出る時、いつも誰かに気づかれぬように顔を伏せるのだった。

「そろそろ出かけなくちゃ」

そう言うと女はうす眼をあけ、むっちりした裸の腕をあげて彼の髪の毛を指で弄《もてあそ》びながら、

「そう。そんなら朝御飯の支度をしなくちゃ」

と少し嬉《うれ》しそうに言った。

彼はその言葉を聞くと、急に不快な気分に襲われた。

何回目か、この部屋で朝をむかえた後――細君には徹夜のロケだと言ってあった――彼はいつものように女の甲斐甲斐《かいがい》しく作った朝飯をたべ、背後から上衣を着せてもらった後、アパートを出た。例によって顔を伏せて誰かに見られるのを避けるようにして路《みち》を歩いた。

朝の番組を担当していない限り、テレビ局には十一時頃までに行けばよい。大半の勤人たちが出勤したあとの路は白く、閑散として人影がなかった。

ふと顔をあげると一軒の家の表札が眼に入った。少し埃《ほこり》をかぶった垣根と石の門と、これもよごれた門灯と、そんなに大きくない家と――その石の表札に、

「杉本勝麿」

そう楷書《かいしょ》で書いてある。

どこかで見た名前だと思った。記憶のなかを少し、ほじくってみたが、一向に思いだせなかった。そして彼はその名を忘れた。

小田急で新宿に出て、それからタクシーを張りこんで局まで行く。このタクシー代も仕事の伝票のなかにまわしておくつもりである。

十一時から本読みとリハーサルのある日だ。台本は篠田という若い劇作家に書かせたのだが、絵になる場面が少なくて書き直しを二度させた。それでも不満だったが、時間がないから仕方がない。それに彼はもう昔のように自分の仕事に情熱を失っていた。演出ディレクターという肩書きは洒落《しゃれ》てはいるが、結局、俺たちは視聴率とスポンサーに左右されるサラリーマンだと皆、自嘲《じちょう》するようになっているのだ。

本読みの部屋にはもう四人の俳優たちが集まっていて、アシスタント・ディレクターの佐木が皆に台本の訂正箇所を教えていた。

「お早うございます」

彼は腰をかがめて皆に挨拶《あいさつ》をすると、台本をひろげ、それから本読みを始めた。曇った空がこの部屋の窓のむこうに見えた。その空を眺めながら彼はほとんど気を入れて俳優たちの声を聞いてはいなかった。そのくせ、時々、顔をあげて、

「そこのところは、少し、皮肉な調子でお願いします」

とか、

「ここはもっと、泣きを入れていいんじゃないかな」

もっともらしい指示を与えた。やがて女の子が途中で注文したアイス・コーヒーを運んでくる。

その時、突然、彼の記憶に杉本勝磨の名が甦《よみがえ》ってきた。さっき、女のアパートから駅に行く途中、石の表札に楷書で書いてあった名前である。

「あいつは……」

彼が声をだしたので、コーヒーを手渡している女の子も俳優たちもびっくりしたようにこちらを見た。

「いや、何でもありません」

彼は少し顔をあからめて言った。

「本読みを続けてください」

杉本勝磨、その名前はそうざらにある名ではない。むかしの公卿《くぎよう》のような名なので記憶からやはり消滅していなかったのだ。彼はその男がどういう人物か知っている。だが向うはこちらを全く知りはしない。

女のアパートの窓に靠《もた》れかかって夕方局から持ってきた小さな双眼鏡を目に当てた。だが双眼鏡を使うまでもなく、ここから杉本の家ははっきりと見える。青い屋根につけたテレビのアンテナが夕陽に光っている。庭に作った小さな花壇。物干竿《ものほしざお》にほした下着からここに小さな子供のいることもわかる。それは何処にでもある小市民の家だった。

「何を見ているの」

女が卓袱台の上に例の夫婦茶碗と箸とをならべながら、にっこり笑った。それは二十三歳の娘の微笑というより、安心しきった主婦の笑いのようだったので彼はまた、ふっと不快感を感じた。

「子供みたいね。双眼鏡なんか、使って」

その不快感が折角、咽喉《のど》まで出かかった杉本についての話を彼にもう一度、のみこませた。

(あれは五年前だったな、何月だったろう)

ああ、そうだ。夏だ。でなければ、あんなくだらぬ番組など作る筈《はず》はなかった。それは各地の幽霊が出るという場所や家を視聴者から教えてもらって、人気タレントに深夜、訪れさせるという――夏むきの愚劣な番組だった。

「そんな家を御存知だったらお教えください」

局の広告に応じて送られてきた五十余通の手紙から面白そうなのを十五通、えらんでみた。だがその十五通もいざ、こちらがたずねるときまると急に話があやふやになり、結局、出鱈目《でたらめ》なものが多くなって、五通のものが残ったのだった。

彼はディレクターとして番組を構成するために助手二人をつれ、この五通の家や場所をたずねてみた。

深夜、そこでトラックの運転手が時折、白い女の亡霊を目撃するという場所は千葉街道の車のこんだ一角にあった。近所の人たちはそれを信じている者もあったが、大半は一笑に附した。名古屋《なごや》の旧中村遊廓《なかむらゆうかく》にある空家ではむかし女郎の一人が自殺して、時計が真夜中に必ずとまるという。助手たちと冗談半分に大きな目覚時計をかかえて行ったのだが、十二時がすぎても時計はチクタクと少しずつ動いた。

「これじゃあ……番組になりませんねえ」

話と真実とがあまりに食いちがうので、みんなはがっかりして、この企画はやめようかと言いはじめた。

だが、彼は仕事のためと言うよりは妙な好奇心に動かされて、三番目の手紙に書いてある場所をたずねることにした。

それは、伊豆《いず》の熱川《あたがわ》にある一軒の家だった。三年ほど前のことで大学に行っている息子が小遣いをせびって断られたため母親を殺すという事件があった。幸か不幸かその夜、学生の姉のほうは盲腸炎の妹につきそって病院にいたため難をまぬがれた。登山用ナイフで母親を殺した学生は、それから自分の体に傷をつけ、血まみれのまま浴室でひっくりかえっていた。翌朝、家に戻った姉が雨戸がしめたままなのに驚いて家のなかに入ると、浴室に倒れていた息子は昨日、強盗が入って母を殺し、自分もこう重傷を負ったと言った。

嘘は警察の調べですぐばれた。事件が片附いてから惨劇のあった家は土地ごと売りに出されたが、いまだに買手がつかず荒れ放題になっている。浮浪者たちが時折、この家に寝ると、必ず変なものを見るのだと、視聴者からの手紙に書いてあったのだ。

助手二人とこの家をたずねるために熱川についたのは夜の九時をすぎていた。晩飯もまだだったが、彼と助手とは一風呂《ひとふろ》あびると問題の家をたずねていった。

蜜柑畠《みかんばたけ》のつづく丘の上で昼なら海がはっきり見えると思われる場所にその廃屋は残っている。その家を管理しているという男は、

「嘘ですよ。幽霊が出るなんて」

しきりに投書者の軽率さを怒っていた。

その管理人が鍵《かぎ》をあけてみなが中に入ると闇のなかで腐った木と湿《し》っけた畳の臭いが急に鼻についた。窓の硝子《ガラス》はまだ残ってはいるらしいが、懐中電灯を上下に動かすと襖《ふすま》も障子もすべてはずされた空虚な二間が浮びあがった。

「この部屋で殺されたんです」

「母親が……」

「ええ」

「かなり広い家だね」

「八間ありますよ。会社の社長だった人でね。死んだ父親のほうは」

「そんないい家の息子がなぜ小遣いぐらいもらえなかったんだろうね」

闇のなかに声だけがひびいた。管理人はさすがにいつまでも中にいるのが気味わるいらしく、すぐ外に出ていった。助手たちがふりまわす懐中電灯が、線をえがいて柱や天井のはめ板の一つ一つを照らしだす。そのはめ板には雨洩《あまも》りの痕《あと》がいくつも残っている。彼は今まで廻った二軒の家とはちがった陰惨なものを突然、背中に感じた。

「別に何でもないじゃないか」

「正体みたり、枯尾花ですよ」

同じ気持なのか、助手たちはわざと大声をだして平気を装っている。彼が帰ろうか、と促した時、

「おや何か、聞える」

突然先頭にたって廊下を歩いていた助手が体を固くして言った。三人は思わず足をとめて耳をすませた。

「聞えるでしょう。何かしずくの落ちるような音」

かすかだが……廊下のずっと先から、本当に規則ただしく、水滴の落ちるような音

が聞えてくる。

「お前、見てこいよ」

彼が助手の肩を押すと、その男はかすれた声で、

「ぼくが……ですか」

結局、一番若いアシスタント・ディレクターが少しへっぴり腰で先に進んだ。音は次第にはっきり聞えてくる。

浴室だった。母親を殺したあと、息子が自分の体を傷つけて血まみれのまま倒れていた浴室だった。

その天井から水滴が風呂桶《おけ》のなかに落ちているのである。なぜ水滴がそこから落ちてくるのかわからない。

背中をつめたいものが走って、三人は急いで家の外に出た。空気がつめたく、空の星々がひどくはっきりと見えた。

母親を殺した息子の名は杉本勝麿と言った。それを彼は、今、本読みの時、やっと思いだしたのである。勝麿は本来ならば刑務所に行くべきところを、親類のなかに有力者がいて、当時、精神錯乱していたという理由で不起訴にしたと彼は後になって聞いた。

女とアパートで落ち合うたび、彼は双眼鏡でその家を遠くから観察した。むかし母親を殺した男が今、どのような気持で生活しているのか——せめてその外見だけでも見たい衝動に駆られるのである。そして双眼鏡のなかにせめて一瞬でもいい、その男の姿があらわれはせぬかと彼は窓枠に腰かけながら身じろがない。むかしヒチコックの映画に「裏窓」という作品があって足を怪我して寝ている青年が双眼鏡のなかに、向い側の殺人を目撃する場面があったなどと思いながら。

だがそんな異常なことは彼の双眼鏡のなかに一向にうつりはしなかった。うつるのは相変らず夕陽に反射する青い屋根やその屋根につけられたテレビのアンテナや、それから小さな花壇のある庭に干した下着や——それを見ると彼は突然、泣きたいくらい哀しくなることがあった。彼が妻や子供と生活している郊外の家も、ほぼこれに似たものだったからだ。

「ねえ。食事の前、麦酒《ビール》をお飲みになるでしょう」

とそんな時、女は言う。

「そんなとこに何時までも坐《すわ》っていないで早く、食卓についてよ」

その言葉を聞きながら彼は妻の顔を思いだす。いつも食卓につかずにぐずぐずしている子供を妻が同じように怒るのだった。

「あの家、杉本という家の前、通ったことがあるだろう」

箸《はし》を動かしながらたずねると、何も知らぬ女は、

「そんな家、あったかしら」

「屋根の青い家さ」

「ああ、あの家、どうしたの。四つぐらいの子供のいる」

「子供は四つぐらいなのか」

「お母さんと家の前にたっているのを見たことがあるわ。痩《や》せた神経質そうな子供だったけど……でも、どうしたの」

「別に……」

彼は首をふった。

その夜、女は彼にだかれながら、

「ねえ」

と突然、真顔で言った。

「困ったわ。赤ちゃんができたらしいの」

彼は電灯をつけて、じっと女の眼をみた。愛情をたしかめるため、女がわざと自分を試すようなことを言っているのではないか——そんな気がすぐにしたからである。

だが女の頰にも唇のまわりにもうす笑いは見えなかった。

「本当かね」

「まだ、はっきりわからないけど……、二週間も遅れているの」

彼は女の生理について色々と聞いた後、

「あと五、六日、待ってみろよ」

とひくい声で言った。その夜、彼は女と少し離れるようにして寝たので、彼女は背中を向うにむけて泣いていた。

困ったことになった。そう思いながら彼は翌朝、小田急の代々木上原駅まで、足を曳《ひ》きずるようにして歩いていた。おろすとなるとどのくらい金がかかるのだろう。こちらの名を聞かずに処置をしてくれる医者をどうして調べようか。

顔をあげると、あの家のすぐ横だった。家のなかから声が聞えた。

「はっちゃん、はっちゃん。外に出たら、いけません」

それは子供を叱っている母親の声だった。声から彼は急に自分の妻の顔を思いうかべた。今の声は妻の声にどこか似ていた。

演出した番組はやっと三回目を終って評判は可もなく不可もなしと言うところだった。昔はそんなことも気にはなったが、今の彼は、それでいいじゃないかと言う気分で営業からまわってきた視聴率の表やスポンサーの注文書をぼんやり読んでいる。

「別にこっちは芸術家じゃなし……いわばサラリーマンなんだからな」

いつもの自嘲《じちょう》の言葉が、その表や注文書をとじたスクラップを引出しにしまった時、彼の唇から洩《も》れるのである。

「飲もうか。大宮さん」

彼は大宮という編成局の男を誘って寿司《すし》屋にいく。もちろん勘定は接待という名目で会計にまわすつもりだ。大宮もちゃんとそれを心得ている。今日のように気分の重い日は、大宮のように年をくっているのに編成局でも梲《うだつ》のあがらぬ男と上役の悪口を言いながら酒を飲みたかった。それに大宮がいつか子供を堕《おろ》した話をしていたのを彼はもう一度、聞きたかったのだ。

「へえ。どのぐらい要るんですか費用は？」

彼は自分の細君がまた子供ができたらしいのだと嘘をついた。

「病院ぐらい紹介してやるぞ。簡単だよ」

「ぼくがついていかねばいけないのかなあ」

「そんな必要はないさ。奥さん一人で朝出かければ、午後には戻れるよ。もっともその日、一日ぐらいは静養したほうがいいけれどな」

寿司屋を出て、局の連中が行きつけの酒場に行くと、大宮はちょうど入ってきた流しのアコーディオン弾きに軍歌をやれと命じた。

「今どきの若い連中なぞ、軍隊で鍛えなおせばいいんだ」

酔いがまわるにつれ、上役の悪口も尽きた大宮は次々と自分を追いぬいていく職場の若い連中を罵倒《ばとう》しはじめた。

「俺だって、中国で戦火をくぐってきた男なんだ。一人や二人はこれでも殺したんだからな」

ホステスたちが感心したふりをするので大宮はますます得意になって、

「こう、木にくりつけてさ。新兵の時、銃剣術の訓練でその捕虜を刺殺させられるのさ。嫌だったね。その時は」

「それで、大宮ちゃんも、やったの」

「やったさ。仕方ないだろ。やらねば上官にどんなに叱られるか、わからないしね。刺した時の感触は忘れられんよ。え、何だって？　豆腐を潰《つぶ》したような感じ。そんなもんじゃない。向うの断末魔の痙攣《けいれん》が、こちらの銃剣にひびいてくるもんよ」

「いやだ。そんな話」

調子をあわせていたホステスも思わず眉《まゆ》をひそめた。

「もういいから、大宮さん」

まだ飲もうと頑張るこの戦中派を無理矢理タクシーに乗せて運転手に行先を教えて、彼一人、酒場に戻った。

「あれだから、戦争行った人ってこわいわ」

ホステスたちはまだ、ぶつぶつ言っていた。「大宮ちゃんまでが人を殺しているのかと思うと……横にいて急に、ぞっとしたの、背中に寒気がしたわ」

「向島さんなんか首を切ったことがあるって言ってたわ」

「へえー、あんな温和《おとな》しそうな人が。考えられないわね」

翌日、局に行くと大宮はいつもと同じように机にむかって鉛筆を動かしていた。電話がかかると、受話器を耳にあてて、向うの顔が見えぬのに、しきりに頭をさげる。

誰も彼がむかし中国で捕虜を木にくくりつけて刺殺したとは思わない。女の子も平気で彼と冗談を言いあっていた。

「おいおい。どこか水着のバーゲンセールしている店、知らないか」

「知ってるわよ。局の前の店でもやってるわ。大宮さんの水着?」

「ちがう。ちがう。女房と子供のさ。今度、海につれていくんでね」

一週間たったが、女の生理は遅れていた。今日、彼女が勤めを休んで、彼が大宮から聞いてきた医者に行くと言った日、やはり彼は落ちつかない。

局に昼すぎ、電話がかかってきて、

「どうだった」

「やっぱり、そうなんですって」

「そうと言うと……妊娠してたのか」

彼は思わずそう言って、あたりを見まわした。みんな昼飯を食いに机を離れていて彼の声を聞いている者はいなかった。

「そうよ。その通りよ」

女の声にはなぜか挑むような響きがあった。

「で……どうするの」

彼がしばらく黙っていると、女はまるですべてがこちらの責任のようにたずねてきた。

「どうするって……」

「あたし、生んだっていいのよ」

嘘をつけ、と心のなかで思った。女がそう言って彼を試しているのが手にとるようにわかる。

「医者は何て言ったんだ」

「処置するなら、すぐしなくちゃいけないし、生むなら、少し安静にしていなさいって……」

「処置するより、仕方ないじゃないか」

女は受話器の奥で、何も言わなかった。だが彼にはその表情が手にとるようにわかるのだ。

「来てもらいたくないの」

「俺、ついていくよ」

「来たくもないくせに。一人でいくわ。いいえ。来てもらいたくないの」

「何時《いつ》、いくんだ」

「明日でも行ってきます」

「とに角、今日、夕方、会おう。会ってから、ゆっくり相談しよう」

翌日は少し雨模様の日だった。彼が妻と朝飯をたべていると、

「海に行きたいわね」

と窓の外を見ながら言った。

「雨の海って好きなのよ」

「大宮さんも行くそうだ」

「いいわねえ。子供もせがんでいるし……。休暇とれるんでしょう。あなた」

「忙しいんでね。次から次へと番組を押しつけてきやがる。ディレクターなんて、結局、テレビ局じゃ第一線の兵隊みたいなもんだよ」

彼は煙草をすいながら、降りはじめた雨の医院を想像した。女はもう医院に出かけたろうか。

「考えておいてね」

おくられながら玄関を出た。

「ねえ、今日も遅いんですか」
五、六歩、歩いた時、妻は急にうしろから声をかけてきた。
「本番が八時から始まるから……夜中になるだろう」

霧雨のなかを女がもう行っている筈《はず》の医院をたずねた。女は来てくれるなと言ったが、やはりこちらは行かないではおられない。そのくせ卑怯《ひきよう》者の彼は医院のなかには流石《さすが》に入れなくてすぐ近くの煙草屋から電話をかけてみる。

「手術はさっき終って、今、眠っておられます」

看護婦の嘲《あざけ》るような声が受話器から聞えた。あるいは向うは事務的に言ったのかもしれぬが、彼の耳にはその声が自分を嘲っているように思えた。

「いつ頃、退院できるでしょう」

「そうですね。四時頃なら大丈夫だと思います」

「じゃあ、四時に医院の前で車をとめておくと言って下さいませんか」

「そちらさまは御主人ですか」

あわてて受話器をおろした。何とも言えぬ自己嫌悪が二日酔いの吐き気のように胸にこみあげ、傘もひろげず、しばらく霧雨に顔も洋服も濡《ぬ》れるにまかせて歩いた。

三時半に局を出てタクシーをつかまえ、医院の前で待ってもらった。運転手は無愛想な男で、いつまでも待たされちゃ稼ぎにならないと不平をこぼしはじめる。その分

だけ金を払うと言うと、

「ただで待とうとはこっちも思ってないよ」

そんな嫌味を言って、ラジオのボタンを押した。ラジオから化粧石鹸《せっけん》のCMソングがながれてきた。その会社は彼の番組のスポンサーでもあった。

女がうつむいて医院から出てきた。車の中の彼を見ると、くるしそうに微笑《ほほえ》んだ。足をひきずるようにしてタクシーの中に入り、頭を背後にそらせて眼をつむった。

運転手がこちらに好奇心をもっていることは痛いほどわかったから、二人ともアパートにつくまでは、つとめて黙っていた。一度、彼が、

「大丈夫か」

とそっとたずねると、

「ええ」

女は吐息と一緒に答えた。

アパートの部屋をあけると、しゃがんで壁のほうを向いたまま、女は小声で泣きはじめた。彼はその小きざみに震える背中をじっと見ていたが、やがて押入れをあけ二人が情事に使っている布団をしくと、

「寝ろよ」と言った。

「何か買ってこようか」

「いいから、そばにいて」

一時間ほど、彼は眠りはじめた女の横でじっと坐《すわ》っていた。日が暮れてアパートの窓の向うのあの青い屋根に光っていた陽光が少しずつ退いていった。

彼は窓に腰かけて双眼鏡を眼にあてた。そしてあの家の庭に一人の中年男がたっているのを見た。

男はゴルフのパッティング練習をやっているのだった。ボールを地面におき、姿勢をただし、パターをかまえ、それを振る。これを根気よく幾度もくりかえしている。それが杉本勝麿にちがいなかった。双眼鏡ではその容貌《ようぼう》はみえぬが、瘦《や》せた背の高い男である。

彼はあの腐った木や湿った畳の臭いのこもった八畳や、天井についた雨洩《あまも》りの染み、そして湯殿に音をたてて落ちていた水滴の音を思いだした。

（これが杉本勝麿か）

男は練習をやめ、家のほうにむかって何かしゃべっていたが、やがてパターを肩にかついで姿を消した。

庭に干してある下着が白かった。この間と同じように子供の黄色いズボンもそのなかにまじっている。

（母を殺した男が……今、こんな平凡な生活を送っている……）

言いかけて彼は思わずまだ眠っている女の方に眼をむけた。女の額に二、三本の髪が汗でへばりついていた。自分とこの女だって五時間前、生れかかった一つの生命を殺したのではないか。そしてその犠牲によって自分も妻や会社に女のことを知られず、今までの生活を続けられるのではないか。

(大宮さんだって、そうじゃないか)

彼はバーゲンセールの水着を細君や子供のために買っている大宮のことをその時、ふと考えた。そう。今日ぐらい、あの男はその家族と海で遊んでいるかもしれぬ。子供と砂あそびをしながら決して木にくくりつけて殺した捕虜のことを思いださぬだろう。

「何でもないじゃ……ないか」

彼はそう呟《つぶや》いた。ゴミ屋がトラックでゴミを回収している。窓の下で子供がキャッチボールをつづけている。そう、何でもないことである。

競馬場の女

週刊誌などの黄ページに書いてある「東京面白い店」——あれが、どれくらい本当か嘘か、独身サラリーマンの小林はわからなかった。

だがこの夏のある日、アパートから会社に向う電車のなかで、ふとひろげた「週刊トップ」を何げなく見ていると、「新宿お楽しみ場所」と題した頁に、

「新宿区役所にそった道を大久保《おおくぼ》方向に歩くと……、鳥の名のついた旅館がある。そこでは君が一人行って、休ませてくれと言っても変な顔をされないよ。女中にチップをそっと握らせ、マッサージを呼んでくれと頼むべし。やがて白衣を着た可愛子ちゃんがやってくる。この可愛子ちゃんが曲者《くせもの》だ……」

そのまことしやかな筆に眼を吸いよせられた小林は、本当にそんなことがあるのだろうか、あるなら今夜でも出かけてみようかと思った。一人者の彼には夜になると、テレビでも見るほかなにもすることがなく、どこかのスナックか飲屋にでも寄って、酒でも飲むより時間のつぶしようがないからである。

そう考えると、今日の暑い一日も、冷房のあまりきかぬ会社での嫌な仕事も急に念頭から離れ、今日の夕方がひどく待ちどおしい気がした。

（待てよ）

大事なことを忘れていた。月給日の直前なので財布のなかはスッカラカンだったのである。旅館に行けば御休憩代に千五百円はいろうし、マッサージと称してやってくる可愛子ちゃんには少なくとも二枚は払わねばならん。

誰か金を貸してくれそうな同僚の顔をあれこれ考えてみた。しかし仲間はどいつもこいつも、彼自身と同じようにピイピイの飲みすけで、逆に向うから借金をたのんで来そうな手合いばかりだった。そうなると小林は先週、競馬ですった三千円がたまらなく惜しくなってくる。あの三千円が今手もとにあれば、今夜、この楽しみを逃がす筈《はず》はなかったのに、とそう思う。

会社につくと、ホンコンシャツにもう汗がにじんでいた。机に腰かけてルナに火をつけていると、

「小林さん。課長がさがしてたわよ」

とタイプをうっていた山中千恵子が声をかけた。

課長は席にいなかった。

「なあ」

と彼は小声でこのタイピストに、

「日ましに綺麗《きれい》になるな、君は」

「そう……ありがとう」

だが、ピクリとも表情を変えず、千恵子はタイプを叩《たた》きつづけている。

「冷たくするなよ。あのね、三千円、貸さないかな」

「嫌っ」

「御挨拶《あいさつ》だなあ。月給日には耳をそろえて返すからさ」

「嫌。嫌ったら嫌」

そこへ課長が戻ってきて小林に視線をやり、

「おい、小林君、一寸《ちよつと》」

自分の椅子に腰をおろし、手招きをした。

「土曜日に出張してくれないか。福島の工場に。そして日曜日には戻ってきてほしいんだ」

「福島工場ですか」

「折角の土曜と日曜をつぶさせることになるが、時間外手当を請求して我慢しなさいよ」

小林は仏頂面を一寸みせたが、その時、そうそう今週から東京競馬が終って、福島

競馬がはじまるのだと思いだし、

「いいです、行ってきます」

と少し恩を売るような口調でうなずいた。

金曜日の夜行で出かけてやろう。そうすれば、土曜日の午前中に福島工場で仕事を片付けられる。午後は少なくとも第二レースから見れる筈だ。まあ、悪くない。出張費を少し水増しさせて伝票をうまく切ってもらえば、四、五千円は浮くはずだ。

(何なら、その金で問題の旅館に行けばいいんだし！)

大学を出て八年にもなると、そのくらいの手は使うことを知っている。小林だけではない、みんなやっている。

課長が向うでする仕事を説明している間、小林は上の空で別のことを考えている。

金曜日、会社がひけると、彼は会計から出してもらった出張費のほかに時間外手当を入れた財布をそっと手で押えて、思わず微笑が頰にうかぶのを禁じ得なかった。昼間の暑さがようやく涼しくなり、街路樹の銀杏《いちょう》までが、彼と同じように、これからの楽しみに胸はずませて葉を微風にサラサラとゆらせているようである。

アパートに大急ぎで戻ると、近くの風呂屋《ふろや》で一風呂あび、小さな旅行鞄《かばん》に洗面道具とパンツとを入れて旅行の支度をした。手ぶらで問題の旅館に行くよりは一応、旅行鞄を手にぶらさげて玄関に入るほうが彼としても体裁が良かった。

新宿の都電道路まで来ると彼とそう年齢《とし》のちがわない男女の群れが波のように歌舞《かぶ》伎町《きちょう》のほうに歩いていた。その群れに肩を押されながら小林はキョロキョロと区役所に向う道をさがし、誰もその秘密を気づく筈がないのに、眼を伏せながらつとめて何げないふりをしていた。

この道路には飲屋や小料理屋やスナックが並んでいて、その裏側に暑くるしい雨戸をしめた旅館がある。小林は「週刊トップ」に書いてあったTという頭文字のついた鳥の名の家をしきりと眼をくばりながら探したが、一向に見つからなかった。折角、入浴してとりかえた下着を汗でまた濡《ぬ》らした揚句、彼は右に行ったり左に曲ったりして、そのうち失望と怒りとがこみあげてくるのを感じはじめていた。

（だましやがって。トップ屋め）

彼にはあの黄ページを書いたトップ屋の顔が眼にみえるような気がした。

要するにここにはTという旅館も、マッサージと称してやってくる可愛子ちゃんもいないのだ。みんなあのトップ屋が飲み代《しろ》をかせぐため書きとばした出鱈目《でたらめ》にちがいない。そいつは縁の太い眼鏡をかけた、おカッパの野郎で……。

小林はもう諦《あきら》めて角の煙草屋にたちどまると、

「煙草」

「ルナ、一箱」

それから店番をしている中年の女に、

「Tという頭文字がついた鳥の名の旅館はないだろうね。このあたりに」

「頭文字……」

「つるとか、つばめとかさ、鳥の名のついた……」

「千鳥という旅館ならありますよ」

その瞬間、小林は思わず笑いがこみあげてきた。それを抑えながら、教えられた路《みち》を歩いていった。

今度は何もかもが「週刊トップ」に書いてある通りだった。おそるおそる、

「一寸、休ませてもらいたいんですがね」

と、打ち水をして竹の植わった玄関をあけた彼に、無表情な顔をした女中は、

「どうぞ」

と答えると、先にたって廊下を歩きだした。四畳半と六畳二間の部屋にはもう布団がしかれ、紙を巻いた枕が置いてあった。ルーム・クーラーはよく効かないのか、部屋のなかは妙に生あたたかく、畳の臭いや汗の臭いの入りまじった空気が澱《よど》んでいる。

「マッサージさんですか。どんな人がいいんです」

と女中は相変らず表情をくずさず、訊《たず》ねた。

「技術のうまいひと。たのむぜ」

と彼は顔を強張《こわば》らせた。

女中が部屋を出ていったあと、すぐそばの鏡台に女のヘアピンが一本落ちているのに気がついた。

寝巻に着かえて、扉とは反対側の壁に顔をむけてじっと横になっていると、廊下でやがて足音がした。

「ごめんください。マッサーズです」

来たな、と小林は心のなかで叫んだ。期待と好奇心とで胸は太鼓のように鳴っていた。そのくせ、ふりかえりもせず冷静を装って、

「よろしく頼むよ」

この言葉は言外の意味を含ませ、体をかたくした。女が何かに着かえている。そして、枕もとに坐《すわ》る気配がした。

「お客さん、始めてスか」

肩に手をかけ、もみはじめながら地方弁でたずねてくる。

「マッサーズあまり、かかったこと、ねえようだわね」

「なぜ、わかる」

「だって緊張スてるんだもん。お客さんくすぐったいんですか」

小林はムッとして、

「くすぐったくないぞ」

「お客さん、何のスゴト。サラリーマン？」

「まあ、そんなもの、しがない宮仕えよ」

「でもねえ……。毎月、月給もらえるんだろ。一寸肩にツからを入れないで。もみにくいスよ」

そんなことはどうでもいい。気をもたせずにやるべきことを早くやれ、と小林は心のなかで怒鳴ったが、女は相変らず、のんびり、のんびり、

「あんまり、こってねエなあ。あたスもう故郷《くに》に帰ろうかしらん」

「なぜさ」

「だって、東京は住みにくいもんねえ」

「故郷はどこだ」

「山形よ。行ったことない？」

「じゃあ、あちらでかせげばいいじゃないか。それより……これだけなのか」

たまりかねて小林は顔を女の方にむけた。可愛子ちゃんとは飛んでもない女だった。女プロレスさながらの巨体と西郷隆盛《さいごうたかもり》のような大きな顔が小林の眼の上にあった。

「くそッ」

「あれどうスたの。お客さん」

「どうスたも、へったくれもあるかい。スペシャルはないのか。スペシャルは」

人のよさそうだった女の顔が豆鉄砲をうたれた鳩のようにキョトンとして、

「あんた、何、言っとるん？」

「真面目にやれ。真面目に」

「まズめにやってるわ、あたし。……お客さん。何か、まツがえてるんじゃない、はっあ。わかった、すけべ」

「助平とは何だ」

「あたス、そんなこと、絶対にしないよ、一万円もらっても。お客さん、そんなら、トルコに行ったらええじゃないの」

夜汽車は帰省する若い連中でかなり混んでいた。彼等のなかには、たがいに靠《もた》れあって、人眼もはばからず、頬をすりあわせている恋人たちもいた。それを見ると小林はひどく癪《しゃく》に障って、

(馬鹿野郎)

そう怒鳴りつけてやりたかった。

何もかもが腹だたしかった。本当の按摩《あんま》をしてもらいに態々《わざわざ》、新宿の旅館までノコノコ出かけていき、休憩代をふくめ三千円ちかくも取られたおのれの馬鹿さ加減が泣

きたいくらいだったが、それよりもそんな嘘出鱈目を週刊誌にのせるトップ屋を撲《なぐ》りつけたかった。(なぜか小林はそのトップ屋の顔をおカッパ頭で黒い太い眼鏡をかけた男だと勝手に決めていた)

(言論の自由など……飛んでもない話だぜ、断じて許せん。断じて)

恋人といちゃついていた向い側の青年がびっくりして小林の顔をみた。興奮のあまり、彼は何か口走ったらしかった。恥ずかしいので眼をつぶり狸寝入りを装った。郡山《こおりやま》がすぎてガタンと夜汽車がひとゆれしたところで、幸運にも眼がさめた。本当にうとうとしていたらしい。

福島は郡山のすぐ次である。彼はあくびをして読みさしの週刊誌をまたパラパラとめくり、競馬欄に書いてある競走馬の状況を何回も読みかえした。

彼としては新宿で失った三千円をできるなら明日の競馬でとり戻したかったのである。

「競馬場で女をアタックせよ」

この週刊誌の黄ページにはそんなろくでもない見だしが載っている。

(信ずるか、だれが……)

小林はその週刊誌をまるめて、

「僕は福島でおりますから、これ、進呈しますよ」

びっくりしている青年とその恋人とに差し出した。

福島駅におりると、夜だというのにムッとするほどなま暖かい空気が乗客の体をつつんだ。小林はそれら乗客のうしろから小さな旅行鞄《かばん》をぶらさげてホームの外に出た。

会社が指定した宿屋は町の中心部にあったが、まだ十時前なのに目抜通りの商店も鎧《よろい》戸《ど》をとじている。東京では考えられぬ話だった。

翌日は空は真青だったが、すごい暑さである。

「フクスマはね、日本で三番目に暑い町《マッ》でスなあ」

工場に行って課長から言われた書類を資材課に渡すと、そこの田淵という係長が笑った。

「冬は空っ風が吹いて寒いす、……東京勤めのあんたらが羨《うらや》ましいスよ」

「しかし、スモッグがないだけ、こちらは健康的ですよ」

仕事は午前中いっぱいかかった。小林は手をぬきたかったが、田淵は東北人らしい生真面目さで、

「はて。これは」

ひとつ、ひとつ計算をやりなおすからだった。

それがやっとすんで、

「御苦労さんでスた。これから飯坂《いいざか》温泉でも」

と誘われたが、小林は首をふって謝辞した。ここに来たのは田舎温泉で遊ぶためではない。

タクシーをつかまえると競馬場まで十分だと言う。陽にカッと照らされた大きな道路を向うにみえる山の方角に車がしばらく走ると、もうそこが競馬場だった。入口の近くに噴水があり、ブランコがあり、母親が子供を遊ばせていた。きっと父親は女房、子供を放り出し、あちらで馬券買いに夢中になっている最中だろう。

四レースがもう始まっていたが、小林は、このレースも五、六の両レースも見送りながら、今日の競走の傾向をまず探ることにした。一レースからいずれも本命とみられた馬が入賞している。競馬新聞に載っている予想がほとんど当っているわけだ。福島競馬は堅いというが、それを目のあたりにみるようだった。

（すると な……）と小林は考えた。（あとの三つのレースに一つぐらい穴が出るんじゃないかな）

別に確実な理由があってそう思ったのではない。何か、そんな予感がフッとしたのである。彼は満員になったスタンドの端に腰かけて、シャツにステテコ一枚の男たちと同じように予想紙をひろげながらどれが穴の出る試合になろうかと考えた。

入道雲が真白にうかび、山にかこまれたこの競馬場に一群の馬が人々の喚声をうけながら次々と走った。小林は七レースに千円券を一枚と二百円券三枚を買って中穴を狙ったが、これも手堅い勝負だった。

　しくじった分だけ取りかえさねばならぬと彼はあせりはじめた。あせっただけ彼は本命と見なされる馬を避けて、配当の大きな穴を狙った。

　人々が総立ちになり、馬がゴールに突入するたびに彼の額から脂汗がういた。ズボンのポケットにはもう何の役にもたたぬ馬券が何枚もクシャクシャになって入っていた。折角、出張費として浮かした金も時間外勤務の金も、もうすっかり少なくなっていた。もがけばもがくほど泥沼のなかに埋まっていくことは百も承知していながらメインレースの「奥羽賞《おうう》レース」にも、どの予想屋も手を出さぬ二―八の大穴を狙って、彼は失敗してしまった。

　雑踏する売場の列に並びながら、彼は残った金が二千円もないのに気がついた。それを使ってしまえば、今夜、宿でビール一本さえ飲めず、明日は朝汽車で茶一つさえ買えぬことがわかっていた。彼は恨めしげに人の波の向うに配当金を受けとっている列を眺めた。アッパッパに似た簡易服をきたおばさんが、

「ああ、八の単勝を買っとくんだったねえ」

　と彼の横で溜息《ためいき》をついた。

　もう最後のレースしか残っていなかった。彼は百円玉を汗の出るほど握りしめ、どうしようかと考えた末に、男は一度、勝負する、と週刊誌に出ていた言葉を心のなか

で叫んで、思い切って千円札を出した。そして今度もまた穴中の穴ともいうべき一―四の連を一枚、買った。

だれもが手を出さぬこの危ない馬券を彼は手にしたものの、もうとてもスタンドに行く勇気はなく、売店でコーラを一本買うと、それを飲みながら、苦しい時間が経っていくのをじっと待っていた。彼の眼には窓から白い入道雲が妙に非情なもののようにうつった。

まもなく大きな喚声がスタンドで起った。それは波のようにたかまり、それから崩れ、崩れたあと一瞬、沈黙が続いた。

「一―四だよオ」

だれかが叫ぶ声が聞えた。

小林はふるえる手でズボンをさぐり、薄っぺらな紙に一―四の文字が入れられているのを見つめた。そしてつづくアナウンスで若い女の声が客の心を嘲《あざけ》り、おだてるように、

「一―四の配当は……」

と告げた時、彼は六万円の配当金が自分にころがりこんできたことを知った。

勝利の快感をゆっくり味わいながら、競馬場のなかの食堂で麦酒《ビール》を飲んだ。よく冷

えた麦酒は咽喉《のど》を愛撫《あいぶ》しながら流れていった。男は一回、勝負するか。福島まで来た甲斐《かい》があったな。俺も満更じゃない、次々と嬉《うれ》しい言葉が心に浮んでくる。彼は周囲のテーブルにいる連中に、

「どうです。成績は」

と一人一人聞いてまわりたいぐらいだった。一本の麦酒を時間をかけてゆっくり飲み終ると、彼はもう人影もまばらな競馬場を横切っていった。夕方にちかい陽が窓から床にさしこみ、その床には観客の口惜しさをいっぱいにこめた馬券の屑《くず》が何千枚と散らばっていた。靴にふまれ、泥によごれたその紙は時折、せつなげに風で空に舞いあがっては落ちた。

小林は口笛を吹きたい気持で、それらの馬券の上を歩きながら、ふと一本の柱に女が靠《もた》れているのに気がついた。二十七、八の色の白い、男好きのする顔だちである。五、六歩、通りすぎて彼はふりかえった。女はぼんやり床を見つめている。一目で彼女が今日のレースで芽の出なかったことが小林にもわかった。その瞬間、彼の頭に昨夜、夜汽車で開いた週刊誌の見出しが蘇《よみがえ》ってきた。

(競馬場で女をアタックせよ)

そうか。週刊誌もたまには良いことを書くじゃないか。競馬場で何もかもすった女は自暴自棄になっている。その自暴自棄の気持に誘いをかければ、意外とコロリとい

くかもしれない。

「駄目だったんですか」

麦酒の酔いも手伝い、その上、周りに誰もいないのに気を強くして、小林はうすい笑いを浮べながら声をかけてみた。

「ええ」

床をまだ見つめながら女はうなずいた。

「穴を狙いすぎたんだな」

「ええ」

「そりゃ、気の毒でした。こういうものは運だからね。ぼくア……ついていたけどさ……」

するとはじめて顔をあげて羨ましそうに彼を見つめた。

「これだけ稼ぎましたよ」

本当は六万円の大当りだったが、小林は得意になって両手の指をひろげてみせた。

「ひとつ一杯、奢《おご》らせて頂くかな」

頤《あご》をしゃくると、女は柱から体を起し、黙ってついてきた。

もう人影の少なくなった競馬場の玄関の前で噴水だけがまだ噴きあげていた。さっきまで子供と母親の遊んでいたブランコがまるで生きているもののように、ひとりで揺れている。

（ついてくる以上は……女もその気なんだな）

彼は時々、ふりかえるようにして、すぐあとについてくる女の存在を確かめながら、もう欲情を感じはじめていた。美人というのではないが、こういう場所で拾った女ではまだ、ましなほうだ。

「あんた、ＢＧかい」

小林の言葉は少し馴《な》れ馴れしくなっていた。

「旅館に勤めているんです」

「どんな旅館？」

立ちどまって、改めて彼女の服装をジロジロみた。地味だが小ざっぱりした洋服を着ている。幼稚園の保母だと言われても信用しただろう。

「君がねえ……」

小林は手で額の汗をぬぐって、

「驚いたなあ」

「どうしてですの」

「いや、なんでもない」

首をふって、

「さて、陽気にいきましょう、何処に行くかね。何しろ福島は不案内でね。飲むところ知らないんだな。カッコいいとこ、教えてくれないかね」

女は困ったような顔をした。

「わたしも……そんなところ余り行かないから」

「それじゃあ、繁華街をブラブラさがすか」

「それなら、うちの旅館に来てくださいよ。そのほうが安あがりだし……」

小林は笑った。六万円も懐中に持っている見知らぬ男にまで、安い場所を教えようとするこの女を悪くないと思った。やはり東北の女性はすれていないのだ。

「それに、あたしも……おかみさんに顔がたつから」

「しかし、うまいもの出すかね。俺はこれでも口だけは肥えててね。まあ、いいや。とも角、委《まか》せるよ」

目抜通りといっても東京でいえば、私鉄電車の駅前にある商店街のようだった。パチンコ屋からガラガラという金属の玉のおちる音がきこえ、流行歌がながれてきた。

女がその通りを横に入ると黒い塀がつづいた。その塀にへちまがからんでいるのも福島らしかった。

「ここです」

旅館『一福』と書いた看板が出ている。その看板の奥に白い壁の家がみえた。

「まあ、悪くないじゃないか」

小林はすっかり大尽気どりで胸を張り自分から、

「今日は」

と玄関の硝子戸《ガラス》をあけて声をかけた。女もがらんとした内側をのぞいて、

「おかみさん。お客さんですよ。どうしたんだろう。はい、スリッパ」

勝手知ったように白い靴をそこにぬぐと、まずスリッパをきちんとそろえた。白い小さな犬が奥から吠《ほ》えながらあらわれた。

「いけない子だねえ」

その犬を叱りながら彼女は、

「こっちにどうぞ」

小林を中庭にそった廊下に案内した。

「空《す》いてるね、どの部屋も」

「ええ。うちは御紹介のある客しかお泊めしないんです」

部屋に入ると冷房をたしかめて、

「すぐ参ります。おかみさんに、ちゃんと話してきますから」

と言って部屋を出ていった。

周りをみまわすと床の間にはきちんと花も活《い》けてあり、たくみな筆跡の掛軸もぶら

さがっていて、ここはそう悪い旅館ではないように思えてきた。

上衣をぬぎ、畳の上にひっくりかえり天井を見つめていると、また笑いが口もとにこみあげてくる。今日は運がついたぜ、と彼はひとりで呟《つぶや》いた。その時壁ごしに男の声がかすかに聞えてきた。

「アンサーをな。……してな。そのあとにストレングスがつづく。二コーナでムサシキングが……」

はじめは何を言っているのか、わからなかったが、どうやらそれが競馬の話らしいと気づくと思わず小林は聞き耳をたてた。話は今日のレースを話題にしているのではなかった。アンサーとか、ストレングスという馬は今日は出場していなかった馬の名だったからである。

小林はあたりを見まわし、床の間の隅に魔法瓶といっしょにおいてあるコップに眼をつけ、それを手にとると壁にあてた。すると隣室の声はさっきより、もっとはっきり聞えた。

「伊勢は承知しとるんやな」

一人の男は関西弁を使っていた。

「しとる」

「ストレングスに乗るのは吉田か」

「ならば、明日の二レースは三―三のゾロメで、ムサシキングとアンサーの連番に十万円かけてええのやな」

「ムサシキングには薬の注射をうっといたほうがいいぞ」

小林は急いで上衣を引き寄せ、手帳に三―三と書きつけた。

廊下で足音がして、さっきの女が、

「ごめんください」

と声をかけると、隣室の話声も秋の虫のようにピタリとやんだ。

「お料理は今、運ばせるわね。冷えた麦酒《ビール》を持ってきたわ」

女はさきほどより親しげな口調を使っていかにも冷たげな麦酒の瓶をのせた盆を机の上においた。

「福島はこれという、おいしいものはないのよ。だから山菜をうんと食べてもらおうと思うて」

「おい」

小林は唇に指をあてて、

「隣は……誰かいるんだね」

「誰って」

「声を小さくしろ。隣室は誰が泊ってるんだ」

女は初めて気がついたように聞き耳をたてた。それから、

「たしか関西から競馬を見に来たというお客さんだけど」

「何人だ」

「もちろん一人よ。でも馬主さんなどには随分、顔らしく、昨日も馬主協会から立派な迎えの車がきて、夜、遅く芸者衆に送られて戻ってきたわ」

「今、お客が来てるだろ」

「あたし、知らないわ、なんなら聞いてきましょうか」

「いい」

小林は、首をふって自分で麦酒をぬき、女にもついでやった。料理が運ばれてきた。ここのおかみさんが挨拶《あいさつ》にきた。

「チイちゃんに聞いたのですけど、当られたそうですねえ。今日のレースで。わたしもチイちゃんも競馬には目がなくて、ほんと。福島は女のファンが多いところですよ。損ばかりしているのに、やめられないわね」

おかみさんはしばらく陽気に話をしていたが、間もなく心得顔に、

「じゃあ、チイちゃん。あとはお願いするよ」

と言って引きさがっていった。

　女の肩に手をかけると予想していたように倒れかかってきた。胸のなかに掌を入れると弾力のある乳房と、もう固くなっている乳首が指にふれた。

「なあ、頼みがあるんだ」

「何なの」

　女はうす眼をあけてくたびれたような声で言った。

「俺は今夜、どうしても帰らねばならん」

「どうして明日、日曜なのに」

「会社に用があるんだ」それから声をひそめて「だから俺のかわりに俺の言うレースに馬券を買ってくれないか」

「東京じゃ場外馬券は買えないんですか」

「東京で買えるのは五レースからだよ。俺がほしいのは二レース。二レースの三─三のゾロメをな、四万円、たのむ」

「四万円も」

　女は驚いたように顔をあげた。

「こわいわ。外れたらどうするんよ」

「なに。男は一回、勝負するのさ」

　彼は起きあがり、上衣の中から財布をだしてさきほど儲《もう》けた六万円のうち四万円を出して女に無理矢理に手渡した。

「困るわ」

「なにも、呉《く》れてやると言ってるんではないさ。その代りな、手数料として儲けの一割はやる。車代も別に取っていい」

「明日の三―三なら配当は二十倍よ。当れば八十万円の儲けよ」

「だから、そのうち八万円をやると言ってるじゃないか」

彼は手帳をさいて、

「すまんが、あずかり証を書いてくれんか」

と言った。隣室からはもう話声は聞えなかった。

翌日、東京に戻ると、彼は大急ぎで会社に出て、待機している課長に工場からもってきた報告書をだした。

「御苦労だったな。だがこれでうまくいった」

と課長は引出しからウイスキーを出し、

「飲むか」

課長はそれから上役の悪口を言いはじめた。いい加減、調子をあわせたあと、彼は暑い陽ざかりを会社から外に出た。

近所の喫茶店にとび込んでテレビをつけてもらった。ちょうどメインレースが終ったあとで、それから今日の各レースの結果が画面にうつった。

小林はストローを噛《か》みながら、膝《ひざ》がしらが震えるのを抑えられなかった。

「第一レースはアリアケオウがトヨキバをぬいて一位。単勝の配当は二八〇円、複勝は二〇〇円。連は一―六で四五〇円でした」

それから彼の待ちのぞんでいる第二レースの結果がうつった。コップが床におちてアイス・コーヒーが小林の上衣にこぼれたが、茫然《ぼうぜん》とした彼はそれをふこうともしなかった。

「第二レースの連は二―五で」

画面では顔のみえぬアナウンサーの声が冷たく、事務的にしゃべっていた。

「そんな馬鹿な」

ボーイと、隅にいたアベック客がふりむいたが、小林は病みあがりの男のように立ちあがった。

「三―三じゃなかったのか」

震える手で彼はカウンターの電話機を握った。ポケットから昨日の旅館のマッチを出し、ダイヤルをまわした。出てきたのはあの女だった。

「ええ、ええ。四万円、買いましたわ」

「買ったのか」

「そう、おっしゃったでしょう」

「あの隣室の男たちは」

「知らないですわ。もう帰られたんですもの」

女の声は昨日とちがい、ひどく冷静で他人行儀だった。まるで初めからこの結果を知っているような感じである。計られたと小林は思った。

「どうしてくれる」

「無理、言わないでください。お客さんに言われた通りにしたんです。あずかり証にもちゃんと書いてあるでしょう。四万円を二レースの三—三に賭《か》けるため、おあずかりしましたって。警察でもどこでも言ってくださいな」

受話器をおろした小林はベソをかいていた。ボーイがそばに寄ってきて、

「市外通話なら断ってから、かけてくださいよ」

と怒ったように呟《つぶや》いた。

枯れた枝

動物を題材にして詩を書いている井川が、原始時代の怪獣のまだ残っているというガラパゴス諸島から旅行をして戻ってきた。その話を聞くために私は銀座に出かけた。私も動物は好きは好きだが、井川のように本格的ではない。家に飼っている生きものは犬が二匹に九官鳥が一羽ぐらいなものだが、井川とくると色々な蛇やトカゲやアリゲーターを持っている。高円寺《こうえんじ》のその家に行くと、倉庫のような小さな建物が庭の隅に作られていて、そのなかに網に入れられた蛇やトカゲが暗いコンクリートの上で、じっと暗い孤独な眼を光らせてうずくまっている。

一度、私は彼の自慢しているブラジルの蛇を膝におかせてもらったことがある。この蛇は茶褐色の色をしていたが、やがて膝から音もなく首すじに這《は》いのぼってきた。蛇の体温はほとんどなく、蠟《ろう》のようなひんやりした感触であることを私はその時はじめて知った。正直いって、背中に悪寒《おかん》が走った。だが井川は歎《なげ》くように、

「蛇ほど可哀想なものはないよ。人間はね、昔から自分と同じように四肢のある哺乳《ほにゅう》

類《るい》には不安は感じない。だが、蛇は手足がないために、恐怖感を与える。それだけで蛇は人間から嫌われてきたんだからね。可哀想だよ」

「しかし、眼がこわいよ。蛇の眼は」

と私が反撥《はんぱつ》すると、

「そうかね。ぼくはあの眼は宝石のように美しいと思うのだが」

と答えた。

彼はそんな爬虫類《はちゅうるい》と一つ屋根の下に一人で住んでいた。細君とは事情があって別れたらしいが月なみな想像をすると、彼の妻はやはりそんな蛇やトカゲと同居する夫に耐えられなくなったのかも知れぬ。

にもかかわらず彼の詩はいい。爬虫類の、人に知られぬ美しさと人間から嫌悪される孤独に自分の心情を託したもので、私もその二、三は暗誦《あんしょう》しているぐらいだ。

井川が今度出かけた島は赤道の直下にあるガラパゴス諸島という無人島で――いつぞや某週刊誌にもその写真がのっていたが――そこには世界最古の原始動物が一種類だけまだ残っていて、推理作家のコナン・ドイルも探険を試みようとした島だそうである。その原始動物とはイグアナと呼ばれる大トカゲで、トカゲというよりは巨竜の子供といったほうが良いかも知れぬ。週刊誌の写真をみると、もしこれがそのまま巨大になったら、子供の悦《よろこ》びそうなゴジラになるのではないかと思った。井川が前からそこに行きたがっていたのは当然であろう。

「どうだった」

こちらはまだ肌寒い三月だというのに、すっかり黒く陽やけのした井川は大きな風呂敷包《ふろしきづつ》みをかかえて、酒場にあらわれ、人なつっこそうに私に笑った。

「随分、陽にやけたね」

「毎日、歩きまわったもの」

「ガラパゴス島はそんなに大きな島なのか」

「いや、あそこはイザベル、フェルナンディャ島など七つの島から成り立っている。モーターボートとガイドを借りて俺は全部まわったよ」

「くたびれなかったかい」

「冗談じゃない。夢がみたされた毎日だもの。疲れる筈《はず》がないよ」

さもありなん、と私は多少、彼に嫉妬《しっと》さえ感じた。熱中することのできるものを持っている奴は羨《うらや》ましかった。それがたとえ私の嫌いな爬虫類であっても……。

「しかし原始動物の生存しているのは世界でガラパゴス島だけだろ」

「そうだよ」

「どうして他の陸地には原始動物は生存せず、その島だけに二十世紀の今も残っているのかね」

私たちの質問に彼は一寸嬉《ちょっとうれ》しそうな顔をして、そばにいた二人のホステスたちをかえりみると、

「なあ、三宅島《みやけじま》に蛇が一匹もいないことを知っているだろう。すぐそばの八丈島《はちじょうじま》、神津島《こうづしま》にはあんなに蛇がいるのに、三宅島にはトカゲはいるが蛇は一匹もいない。一匹もだよ。いないどころか蛇を放してもすぐ死んでしまうんだ。原因については色々と説があるが、今もってわからん。ガラパゴス島の場合もやれ太古にあの海底の火山が大爆発をした時、他の島の原始動物はみな死んだとか、あそこは二千年の間無人島だったから人間に殺されることがなかったためだとか色々な説明があるが、結論は出ていない。動物や虫の生存条件には今の学説ではわからぬことが多いんだよ」

「君はその原始時代そのままのトカゲを見たかね。イグアナとか言う……」

「勿論《もちろん》だよ。イグアナの写真も八ミリもとってきたさ。もっともエクアドル政府とダーウィン協会が持ち出しを禁じているため、つかまえて日本に持って帰ることはできなかったけれど」

それから彼は風呂敷包みをひらいてその島の写真を、三十枚ほど見せてくれた。碧《あお》い海にうかんだその岩だらけの島の遠望や、気持わるいほどのイグアナの群れが、べッタリとその岩で陽なたぼっこしている光景や、山椒魚《さんしょううお》に似た両棲類《りょうせいるい》の魚や海がめが鮮烈な色彩でとられていた。

っている の」

「このトカゲみたいなの気味わるいわね」

とホステスの一人が言うと、もう一人のホステスは、

「あら、可愛いじゃない。あたし、生きものって何でも大好きよ。今、カナリヤを飼っているの」

と答えた。その返事が気に入ったのか、井川は、

「話せるね。君は」

とつぶやき、

「しかしこれが長い長い歴史の後に、太古を偲《しの》ばせてくれるたった一つの生きものだからなあ。世界はこいつらを永久に大事に大切にしなくちゃ、いけないよ」

と眼を閉じた。

私は微笑しながら彼のまぶたの裏にこんな小さなトカゲや奇妙な魚ではなく、巨竜や大きな鳥が飛びまわっている太古の世界が浮んでいるのだなと思い、四十をすぎても、そんなロマンチックな夢想に浸れる井川を羨ましく思った。

風呂敷包みのなかには採集してきた化石《こんせき》や土を入れた瓶が入っている。化石のなかにはふしぎな形をした蝶《ちょう》の痕《あと》や、魚の痕跡が残っていた。我々を一番、驚かせたのは大きな丸い石で井川の説によるとこれはヒポリコンデスとよぶ鳥の祖先の卵だそうである。

「これを君にやるよ」

井川は私に小さな化石の一つをくれた。

「これはガラパゴス島のうちサエスパノラ島という小さい島で見つけたんだが……見ろよ、葉の痕が残っているだろ。それは今、地上にはない植物で……」

こうなると彼は酒を飲むのも忘れて嬉しそうに話をつづける。私はその小さな化石の破片を大事にポケットにしまった。

「あら、あたしには何もくれないの」

とホステスの一人が不平そうに言うと、

「君はあの写真を気味が悪いと言ったんだろう」

その代りカナリヤを飼っていると答えた気に入ったほうのホステスには、風呂敷のなかから小さな箱をとり出して、

「これは何だと思う？」

脱脂綿を入れた箱のなかには唾《つば》を吐きかけたような灰色のものが先端についた枯枝が入っていた。

「わからないわ。唾みたい」

とホステスは首をかしげた。

「ぼくもわからないよ。色々、人に聞いたんだけれどね、とにかくガラパゴス島で見

つけたんだ。君は唾みたいと言ったが原始動物の唾の化石かも知れないぜ。あるいはあの島にいて、もう死んだ虫の卵かも知れない」

「おまもりにいいわね」

「そう、おまもりに部屋においておくといい。男よけぐらいの役には立つだろう」

そのホステスは——酒場では名前を梨枝と呼ばれていたが——霞町《かすみちょう》のアパートに戻ると、ハンドバッグと井川からもらった紙の小さな箱とを椅子の上に放りだして、部屋の隅にある二つの銀色の鳥籠《とりかご》をそっとのぞいた。

カナリヤも十姉妹《じゅうしまつ》も止り木の上に一列に並んで身じろがなかった。

安心しきって眠っていたのである。

「いい子、いい子」

と彼女は子供でもあやすように呟《つぶや》くと、ハンドバッグから煙草をだしてそれに火をつけ、ゆっくりと靴下をぬいで、ふくらはぎをさすり続けた。

それから洋服をぬぎ、下着一枚になると、ガス風呂《ぶろ》に火をつけて、冷蔵庫の中からコーラを一瓶だしてそれを飲みながら、戸口のところに落ちていた新聞を読みはじめた。

風呂がわくと、彼女は長いことかかって化粧を落し、時々、欠伸《あくび》をしては、掌で口をポンポンと叩《たた》いた。

井川からもらった紙箱のことはすっかり忘れていた。彼女は無意識にそれを部屋の隅においた何鉢かの観葉植物の横に蹴《け》とばしていたがその時、紙箱の蓋《ふた》がひらいて、あの唾のようなもののついた枯枝が植木鉢と植木鉢との間に落ちた。

「軽井沢《かるいざわ》というところに、一度いってみたいなあ」

とホステスの一人が井川と私とに言った。

「わたし、まだ、あっちのほう、見学したことがないのよ」

「見学はよかったたな。見学は」

と井川は笑って、

「しかし、軽井沢なんて君が考えているほど、いいところじゃないぜ。八月は東京の銀座よりすさまじく人間が溢《あふ》れているし、九月になると急に雨ばかり降りつづいて、誰もいなくなり、妙に陰惨で寂しい田舎町に戻るし」

それから彼は向うの隅の席で二人の中年男の相手をしている梨枝のほうに眼をやって、

「あの子、何だか痩《や》せたようだな」

「そうかしら。井川さんたら梨枝ちゃんのこと気になるのね、私たちより……」

そう言ったのは、いつぞやガラパゴス島から戻った井川に土産をもらえなかったホステスだった。彼女はそのことをまだ憶《おぼ》えていて気を悪くしているのかも知れぬと、私は思った。

「一寸、ぶきみな話があるよ」

井川は気にもとめない顔をして、

「俺の知りあいで、九月の中頃、軽井沢にいた奴がいるんだ。避暑客はもうすっかり引きあげて、どの別荘も戸を閉じてガランとしている。道にも人影がない。毎日、雨がふりつづいてそいつは絵をかきに来たものの、次第に、妙に滅入《めい》った気持になってきたんだな。すぐ近くに有島武郎《ありしまたけお》が女と自殺をした別荘のあとがあって、そんなことも思いだされて陰気な気分になってきたそうだ。九月の長雨の軽井沢にはなにか暗い陰鬱《いんうつ》な気持にさせるものがあるらしいよ」

「そうなの」

「そうさ。で、ある夕方、彼が林をおりて下の町で夕飯の罐詰《かんづめ》か何か、買って、無人の別荘と別荘との間を歩いていたのだな。どの家も人がおらず、それを雨が静かに濡《ぬ》らしている。途中まで来たら」

「それ、こわい話なの」

「イヤあな話だ、黙って聞きなさい。ピンポンの音がきこえるんだよ」

「何処から」

「ある別荘の庭からだよ。で、彼は何気なしにその庭をのぞくと、雨の降っている庭にピンポン台がおいてあって、一人の子供が向うむきにピンポンをやっている。子供は雨のなかを傘もささず、ラケットを動かしている。その上……相手が、いない」

ホステスは急にだまりこんで聞き耳をたてた。

「相手がいないのに、ピンポンの球は、子供のほうに戻ってくる。俺の知りあいは始めはびっくりして、それを見ていたが……急に子供が、こちらをふりむいた。そしてニヤリと笑ったんだ」

「いやだ」

井川は真面目な顔をして水割りを飲んだ。

「ほんとだよ。軽井沢の九月って、そんなところだ。行かないほうがいい」

向うの客たちが席をたって梨枝の肩に手をかけながら出口のほうに歩いていった。ひとしきり、また、いらしてねとか、さようなら、と言う梨枝と客との声がこちらに聞えてきた。

「いらっしゃい」

その梨枝が職業的な笑いをうかべて我々の席にやってくると、私も井川の言ったように彼女がこの間より少し痩せて顔色の悪いのに気がついた。

「今、妙な話を聞いていたのよ」

彼女の仲間がたった今、井川のしゃべった子供の話を梨枝にしてきかせた。

「何だか本当にありそうな話ね」

「妙な話といえば」と梨枝は答えた。「あたしにも妙なことが起きたの」

「なんだね」

と私はたずねた。

「小鳥や観葉植物が好きだから、部屋に植木鉢をおいたり、カナリヤや十姉妹を飼っているの。その植木鉢がこのところみな、枯れちゃったのよ」

「なあんだ。つまらない」

とホステスたちはがっかりした顔をして、

「別に何でもないじゃないの」

「でも、毎日、水はやっているし、夜露にはちゃんとあててるし、それに室内だからアメリカシロヒトリがつく筈《はず》はないでしょ」

「そんなこと、よくあるわよ。あたしも前に盆栽を友だちにもらって毎日、水かけていたけれど結局、枯れちゃったわ」

梨枝はしかし、まだ納得のいかぬような顔をして黙った。

「君、何だか、痩せたようだね」

と井川が突然、たずねると、

「ええ」

と彼女は素直にうなずいた。

「眠れないの」

「不眠症なのかい」

「いいえ。そんなことないけれど……ただ、近頃、ふしぎなことがあって。……毎日、真夜中に変な物音がするんです」

「どこで？」

「部屋のなか。真夜中、眼をさますと、何か釘《くぎ》で物をかくような乾いた音が部屋の何処からか聞えるのよ。毎晩、必ず……」

「ねずみ、だね」

「始め、そうだと思って、すぐ電気をつけてみたけど、そうじゃないようだし……、ねずみなら第一、あんな、ゆっくりした音をたてない筈だわ」

「それが気になって眠れないのか」

「ええ」

「神経質ねえ」

と梨枝のことを多少、妬《ねた》んでいるらしいホステスの一人が言った。

「あたしなんか、枕元にラジオをつけっ放しにしても眠れるのに……」

みんなは梨枝の神経質をからかうように笑った。井川だけが非常に妙な顔をして梨枝の顔をじっと見つめている。

酒場を出ると霧雨が降っていた。花売りの女の子たちがそれでも傘をさしながら客のそばに寄ってくる。いつもは裏通りに出ているたこ焼屋の屋台が今夜は見えない。

「ガラパゴス島のことはもう詩になったかね」

と私は井川にたずねた。

「まだだ。習作は幾つか作って見たけれど」と彼は首をふって「しかし、ぼくはあの島に行って生き残った原始動物のイグアナの生命力にうたれたよ。おそらく何千年の間に気候や暑さや寒さの大変化がこの地球をたびたび襲っただろうし、マンモスや巨竜はそのために死んでいったのに、あのイグアナだけはそれに孤独に耐えて生きつづけたんだからな」

「それがそのまま詩になるじゃないか。しかし、生き残っている原始動物はイグアナだけかい」

「今のところはそうだ」

と彼は大きくうなずいた。

「あれだけが原始生命そのままを保っているんだ」

私は彼にもらったヒポリコンデスの卵の化石を机の上において毎日、眺めていると言った。

「夜になって一人で仕事しながら、ふと、この卵の化石をみると、その化石の表面が急に破れて、なかから鳥の頭が出てくるような気がするよ」

「ほんとに、そうなれば、どんなに良いだろう。俺は生命力の衰弱した今の世のなかがたまらなく嫌なんだ」

梨枝はいつものようにアパートに戻って扉のすぐそばにあるスイッチを押して部屋に灯をつけた。それから部屋の隅にある鳥籠《とりかご》に近よって、

「ただ今」

と声をかけた。

暗い灯に照らされて小鳥は止り木の隅に何か怯《おび》えたように身をすりよせてかたまっていた。まるでそうすることで眼に見えぬものから身を守ろうとしているようだった。

「変ねえ。どうしたの」

突然、彼女は鳥籠の床に一羽の十姉妹が脚を釘のようにまげて死んでいるのに気がついた。梨枝は急いでその死体を籠から出してみた。ひどく死体は小さく縮まっていて死んでから数時間以上、経っていることがわかった。

部屋の窓はみな閉じてあったし、今朝までどの小鳥も皆、元気だった。

井川から急に電話がかかってきて、会いたいと言う。

「話があるんだ。今から行っていいか」

「いいよ。しかし何の話だ」

私は受話器を持ったまま窓を見た。窓の外に生気のない鉛色の空が拡がっていた。空の下には生気のない都会生活が無数にくりかえされている。井川は話はそちらに寄ってからするとなぜか答えた。

仕事場に来た彼はしばらくの間、煙草をふかしながら黙っていたが、

「金を貸してくれないか」

と急に言った。

「え？　いくらぐらい」

「三十万円ほど。二ヵ月すればある翻訳がでるから返せるんだが……」

井川は詩集だけではもちろん食えぬのでアメリカ文学の翻訳をやっていた。

「実は梨枝が引越しをする敷金なんだよ」

「梨枝が引越しを？　それが君に何の関係があるのかね」

私は少し苦笑しながら言った。井川は酒場で酒はよく飲むが、そこのホステスと関

係するタイプではなかった。彼の頭には女より動物のほうが場所をしめている。その彼がホステスの引越し代を作るのはどうしてだろう。

「事情は君に言ってものみこめぬかもしれぬから……一緒に今から梨枝のアパートに行ってくれんか。ここからそう遠くない」

私は六本木の小さなマンションに仕事部屋を持っていたから霞町の彼女のアパートはすぐ近かった。井川は私を自分の中古車に乗せて運転しながら、行けばわかる、と言うだけだった。

霞町の表通りからすぐ裏に入ったところにその小さなアパートはあった。小さいアパートだがホステスが多く住んでいるらしく、どの窓にも色のあざやかなハンカチやタオルがぶらさがっていた。

階段をのぼって「光村」という紙のはってある扉のブザーを押すと、梨枝の声が中からきこえた。

「どうぞ」

話はしてあると見えて井川と私とが中に入ると、彼女は思ったよりきちんとした恰《かっ》好《こう》で私たちを迎えた。

「どうしたんだね」

私はまだ事情がつかめず、井川と梨枝との顔をみくらべた。

「小鳥が毎日、死んでいくんです」

蒼《あお》い顔をして梨枝は井川をみた。

「鳥籠のなかを見てください。今日も一羽死にました。もうこれで四羽めなんです」

白い鳥籠のなかに十姉妹の死骸《しがい》が落ちていた。

「それが、どうしたんだね」

「昨日、バアで俺、始めてその話を聞いたんだよ」

と井川が顔を強張《こわば》らせて答えた。

「毎日、小鳥が一羽ずつ死んでいく。植木鉢の植木も枯れた。彼女からそう聞いて……俺は思いあたることがあったんだ。なぜだと思う」

「わからないよ。ぼくには」

「これ」

彼はポケットから小さな紙箱を出した。見おぼえのあるその紙箱はたしか、彼がいつか梨枝に土産として与えたものである。その中にあの泡だった唾《つば》をかけたような枯枝が入っている。

「よく見ろよ」

灰色の泡だった部分が煙草のヤニでもつけたように褐色になって潰《つぶ》れている。

「この前はこんなじゃなかった」

「そうだよ」

「何だね、これは」

「生れたんだ」

「なにが」

「蜘蛛《くも》、毒蜘蛛」

　と井川はしずかに言った。午後の部屋のなかで毒蜘蛛と言うその声が私をドキリとさせた。

「ガラパゴス島には昔からピキヤという毒蜘蛛がいた。日本にいるような蜘蛛じゃない。胴体だけで直径十センチほどの大きさで脚をひろげるとその倍になる。褐色の、いかにも腐った土と同じような色をして、島にすむ小動物の血を吸って生きていたんだ。それが一時、島に繁殖した時は海に逃げられるイグアナのほかは鳥も蛇もトカゲも皆、この蜘蛛に血を吸われて死んだという説があるくらいだ」

「今でも島にいるのか」

「今はいない。進化論のダーウィンはこの島に非常に興味を示したが、そのダーウィンの説によると七世紀の始めごろ、島の噴火で絶滅したという。硫黄《いおう》が蜘蛛を殺したんだよ」

「すると、君が持ってかえったあの枯枝の唾のようなものは、そのピキヤという蜘蛛の卵なのか」

「そうだ、と思う」

私は当惑した顔で彼を見た。千三百年前の蜘蛛の卵が今になっても生命をひそかにその内部に持っているとは信じられない、と言うと、

「君は一年前、朝日新聞に三世紀の蓮《はす》の種を印度《インド》で発見した人が、東京でそれを発芽させることに成功した記事を読まなかったかね」

「そういえば……記憶があるが……」

「生命力とはそんな力を時にもっているのだよ。千三百年前の蜘蛛の卵はガラパゴス島からこの東京に運ばれ……そして何かの理由でふたたびその生命の動きを甦《よみがえ》らせたんだね」

「あたし……こわいわ」

今まで黙っていた梨枝が身震いをして呟《つぶや》いた。

「この部屋に……そんな怖ろしい蜘蛛がいるなんて。だから、あたし、真夜中に時々、何か動いている音をきいたのね。初めはねずみかと思ったんだけれど」

私たちは体を縮めるようにしてあまり広くない梨枝の部屋を見まわした。

白いベッド、白い三面鏡。テレビと小さいステレオ。これも白い鳥籠《とりかご》と植木鉢に白いテーブル。いかにもホステスの部屋らしい軽薄でケバケバしい品物ばかりがおいて

あって褐色の毒蜘蛛がじっとどこかに身をひそめているとはとても思えなかった。午後の陽がよわく窓からさしていて、その窓の向うに洗濯物の干してある同じようなアパートや黒い屋根がみえた。それら日常の生気を失った風景のなかでガラパゴス島から来た毒蜘蛛を考えるのは妙に実感がなかった。

「どこにかくれているか、わからないの、ベッドの下も三面鏡のうしろも全部見たけれども何もいないんですもの」

テレビを少しずらせて、壁とそのテレビの間を覗《のぞ》いてみると埃《ほこり》が少しあったが、井川のいう褐色の蜘蛛は見えなかった。コードをさしこんでそのテレビをつけると、ニュースの時間だった。妙義山《みょうぎさん》のちかくで数人の女性を次々と殺したある男のむくんだような肥《ふと》った顔写真がちょうど画面にうつっていた。

「小鳥は何羽、死んだんだね」

「四羽」

遠くで自動車の走る音がかすかにきこえるほか部屋は妙に静かだった。

「どこにもいない」

「でも、あたし、夜になると、その蜘蛛が這《は》いまわる音をたしかにきいたのよ」

テレビの画面には男に殺されたらしい若い娘の写真が次々にうつしだされていた。毒蜘蛛はこの娘たちをたくみに捕え、その血を吸ったのである。

「よせよ。そんなニュースを今、みるのは」

井川は気持わるげに私に言って部屋のなかを歩きまわった。

「幻覚じゃないのかね。君の」

私はまだ蜘蛛の存在を信じられなかった。

「小鳥が死んだのも、ほかの理由かも知れないよ。たとえば伝染病か何かで」

「そんなこと、今まで一度もなかったのよ。とに角、あたし、この部屋にもう住むのは嫌だわ。井川さんがあんなもの、くれたから……」

「しかしこれだけ見まわしても肝心の毒蜘蛛なんて何処にもいないじゃないか」

食器戸棚のなかにも洋服箱のうしろにもそれらしいものが見えない以上、私は次第に井川の蜘蛛説やそれを信じて怯《おび》えている梨枝の話が疑わしくなってきた。

「おい」

と急に壁を見つめて井川が声をかけた。

「あれは何だい」

それは台所とは名ばかりの流し台の壁の上にみえる臭気ぬけの小さな穴だった。

「あのなかは見たかい」

「いいえ」

梨枝はおそろしげに首をふった。

「踏台をかしてくれないか」

井川は三面鏡の椅子をその下に運んでその穴に背のびをしながら眼をあてると、

「こいつは屋根か外の壁につづいているんだね」

「何かが見えるか」

「黙って」

彼は新聞紙を丸くまるめて、そっとその穴のなかに入れると受話器のように丸い先端を耳にあてた。

「おい」

やがて、ひくい声で井川は私に自分と同じようにすることを命じた。

踏台にのぼって私は聞き耳をたてた。

かすかだが——乾いた小さな、釘《くぎ》でものを引っかくような音が……新聞紙を通して耳に伝わってきた。

半月ほどの間、私はたびたび蜘蛛の夢を見た。褐色の毛の生えた足のながい蜘蛛がゆっくりと這いまわっている夢である。眼がさめてからも、その幻影はしばらく闇のなかに残るのが常だった。

とはいえ、実際にその蜘蛛を見たわけではない。私はただあの臭気ぬけの穴の奥でそれが動いている音をきいただけである。あのあと、井川は蜘蛛をいぶりだすために火を新聞紙につけると、新聞紙は小さな舌のような炎をあげてもえはじめ、思った以上に火勢が強くなり、うっかりするとボヤでも起しそうなほどの気配になった。新聞紙が燃えつきてから我々は棒を穴に突っこんだが、毒蜘蛛は姿をあらわさなかった。

「しまった」

と外に出て壁を見あげた井川は大声をあげた。穴は壁をつらぬき外までぬけていたことがわかったからである。蜘蛛の死骸《しがい》が穴のなかにない以上、屋根づたいに逃げたにちがいない。しばらくの間、井川はあちこちを探しまわっていたが、やがて疲れた表情で戻ってきて、

「だめだった」

と言った。

私自身も口惜しかった。七世紀に絶滅したというそのガラパゴス島の蜘蛛を一眼でも見ておきたかったからである。井川の言った褐色の腐土の塊のようなそのイメージがいつまでもまぶたに残った。

「私、こんなところに住みたくないわ」

と梨枝がいった。

「もう戻って来ないですって。でも小鳥や鉢をおいている以上、蜘蛛はまた戻ってく

るわ。そうにきまっているわ」

我々は彼女に引越しの敷金の半分は受けもつことを約束した。彼女の言によると、折角居心地よく住んでいたアパートを出なければならなくなったのも井川が土産にくれたあの枯枝のせいだったと言うし、そう言われればこちらも弁解の仕様がなかった。

「しかし」

二人きりになった時、井川は車をとめて坂の下にひろがる生気のない街をながめながら、

「あの千三百年前のガラパゴスの蜘蛛《くも》がこの東京で生れて、今、どこかを這っていることを考えただけで、俺の胸はしめつけられるよ」

詩人である彼にはその生命力の持続というイメージだけでもさまざまな夢想をかきたてるらしかった。

一週間ほどたってから酒場にいった。梨枝の姿はみえなかった。

「梨枝ちゃん。店をやめたわよ」

と彼女をあまり好いていないらしいホステスが答えた。

「どこに移ったか知らないわ。あの子なら雑草のように生きるわよ。ずる賢いぐらい」

もう一人のホステスが言った。

「あの人ったら、変な趣味があるのよ。お店にいた油虫を」

とバーテンにきこえぬように、

「ボーイさんに集めてもらって買っているの」

「油虫を？　小鳥を飼っているからその餌にしたのかね」

「さあ、どうだか。箱に入れてガサガサ歩きまわる音をきいて——一人、変な笑いをうかべているの。何にするつもりだったのかしら」

驚いたことはもう一つあった。それから数日たって私が梨枝からもらってきたあの唖《つぼ》のようなもののついた枯枝を編集者にみせると、学校で生物を勉強したという彼は笑いだしていった。

「これがガラパゴス島の蜘蛛の卵ですって。冗談じゃない。これはカマキリの卵ですよ」

PART II

シャロック・ホルムスの時代は去った

「立川文庫」という豆本を御存知ですか。蝦蟇《がま》に乗った忍術使い、鉄棒あやつる豪傑などを黄色や赤の原色鮮やかに表紙にペタリと描いた豆講談本は、われわれの先輩たちが、少年の頃、懸命によみふけったものだそうだ。映画もその頃は無声《サイレント》の活動大写真という奴、現在、われわれがみる写実的で薄っぺらなトーキーと違い、うらがないヴァイオリンの音、悲壮な弁士の声色とりどりに少年の夢想、幻想をかきたてるに充分な神秘めいたものをふくんでいたようである。実際、映画は演劇と違い、言語にたよらぬ映像《イマージュ》で観客の心理を受身にする点、生命があるのだから、トーキーは邪道、無声映画は映画の純粋本質を、もっとついている。ぼくはそうした先輩の思い出を伺うたびに、全く羨《うらや》ましいと感ぜざるをえない。ぼくたちの子供の頃にはもう、そういった神秘な夢想や幻想をかきたててくれるものは殆《ほとん》ど、残っていなかったからである。第一、本だって立川文庫のかわりにもう少し自称教育的なる（？）子供用のよみものが出来ていた。

　けれども、ぼく自身小学生の頃、実は友だちの読むそれら「少年倶楽部」や「少年名作全集」などにあまり興味なかった。小遣いを勝手に使うという事は家庭で許してくれなかったので、ぼくは納屋にはいっている空瓶を秘密で売りとばしたり、親が買ってくれたしかじかの良書を古本屋に運んで、その金で豆講談を手に入れた。頭が痛いなどと言って学校を休み、寝床のなかで、ひそかにそれを愛読したのを覚えている。猿飛佐助《さるとびさすけ》や霧隠才蔵《きりがくれさいぞう》的忍術使いになる事、そのために深山に上って白髪白髯《はくはつはくぜん》の老師に出会う事すら真剣に考えた。その頃、偶然少年雑誌「譚海《たんかい》」のなかに神田の某書店の奇書広告がのっていた。一瞬にして体をかき消す法、一声にて相手を眠らす法、煙となって空を飛ぶ法、雲を呼ぶ術等天下の秘本というのである。貯金箱をこわしてぼくはその本を注文した。それを待った日々の期待と悦《よろこ》びは今でも忘れられぬ。学校から帰って家人に郵便きてなかったと聞く不安。それが来ていないと知った悲しさ。そしてその本は遂《つい》に届かなかった。少年期においてぼくが裏切られた最初の経験である。

　最近、偶然その豆本が一冊押入れの奥から出て来た。二十年前の自分はよほど、その本を大事にしていたものと見え「遠藤周作ノ所有ナリ」と裏に大書してある。所々に感銘深しと考えたのか赤線すら引いている。「狸爺《たぬきおやぢ》（家康《いえやす》の事）の寝所の横には四人の屈強の旗本が不寝《ねず》の番をしてゐた。オイ貴公、今夜はイヤな天気だな。そろ〳〵雨がふりだすか、さうやつて無駄話をしてゐると、奇怪なるかな、烈《はげ》しい睡魔に襲はれはじめた」そういう所にはググッと傍線を懸命になって引いている。よく調べてみると、それらの赤線は少年の頃のぼくのかなしい秘密を告白しているのだ。末っ子で泣き虫だったぼくは、自分をいじめる学校友達や兄を、こらしめるような力持ち、闊《かっ》達《たつ》自在に雲や雨をふらしたり、ワルモノどもをねむらせたりする事の出来る忍術使いにむなしく憧《あこが》れた。彼らのなかに自分の、果しえぬひそかな願望を昇華させていたのである。知能発育の遅かったぼくは中学を出るまで、探偵になろうと考えたり、当時、京都、新興キネマにいた嵐寛寿郎氏に手紙をだして殺陣《たて》を教えてほしいと乞《こ》うたり、今から思えば憐《あわ》れな事ばかり、いずれをとっても自分のなり得ない姿を願う涙ぐましい表現であった。

さて、これは、ぼくと立川文庫の関係だけではない。通俗小説や映画の本質は一般大衆のこのひそかな理想的（？）人間像への憧れをみたす所にあるわけだから、成功した、それら通俗小説や映画のヒーローやヒロインは当時の大衆がなりたいと思う願望の化身である。戦争中、拙宅にいたお手伝いさんは藤田進《ふじたすすむ》の熱烈なファンであり、ぼくが藤田的軍人型タクマシさを持っていない故に軽蔑《けいべつ》した。現在いるお手伝いさんは「平凡」の愛読者、鶴田浩二《つるたこうじ》のファンであり、ぼくの瞳《ひとみ》に鶴田的な戦後不良の魅力が漂っていると言ってうっとりしている。時勢によってぼくはお手伝いさんに嫌われたり、好かれたりする。

この理想的人間像(?)は、雲を呼び雨をふらす忍術使い、美しき故に愛する者から離れゆく『愛染かつら』や『君の名は』の気の毒な女性……とは限らない。日本庶民小説の場合は幽霊が大衆の果しえぬひそかな願望の化身となる。外国の陽気な幽霊とは異なり、円朝《えんちょう》の幽霊をごらん、前身、裏切られたり虐待された無力な男女の陰惨な変身である。日本の幽霊が陰惨なのはがんじがらめの社会機構や家族制度故に、重くるしく押しこらえた大衆のかなしい復讐《ふくしゅう》心のあらわれである。現世で虐げたものを来世、化身して復讐する、これが日本特有の幽霊だ。

通俗小説はその時代の一般的理想的人間像(?)を描くが、予言者や思想家や詩人は未来の可能的人間像を予感してそれを語る。小説とは作家のひそかな願望の解放だと、フロイトに熱中していた頃のモーリヤックは書いているが、この場合、予言者たちの理想的人間像(?)は通俗小説のように一般的ではない。彼だけが予感した、そして未来だけがそれを証明してくれるものである。ニーチェの超人への期待のなかには低次元的にいえば、彼のインポテ的な体質への劣等感がうかがわれる。ギリシア的肉体にあこがれる作家M氏は与太者が来ると窓から飛びだした。しかし彼らはそれら個人的なものを未来に賭《か》けて永遠像へと変容させてくれる。

サディスムの元祖マルキ・ド・サドもその予言者の一人である。彼は皆が考えているように悪い事ばかりはしていない。なくなったモーリス・エーヌや優れたサド伝を今、書いているルイ・キャロの考証によると、侯爵は二度しか女に自分の倒錯欲望を実行していない。それも大したものではない。巴里《パリ》近くのアルキュエイユ町の一室に乞食《こじき》女を入れて、そのお尻《しり》を箒《ほうき》でポンポンと叩《たた》いた事が一つ。もう一つはマルセイユはオウバーニュ町の民家で四人のパンちゃんを連れこみ、彼女らに腹くだし下剤を与えたくらいの事だ。彼は自分の出来なかった欲望をバスティーユ監獄で巻紙に書きつづけ書きつづけ「ジュスチィヌとジュリエット」の戦慄《せんりつ》すべき作中人物の上に吐きだしたのである。

しかし彼の作品は今日、ぼくらに真実を訴えている。サドは彼がひそかに養った（正確に言えば復讐を企てた）倒錯性欲や人間悪魔の像が自分個人だけのドス黒い秘密ではなく、いつかは凡《すべ》ての人間にそれが見出《みいだ》される日が来ると信じていた。果せるかな、彼の小説の地獄世界さながら、警察《ポリス》、捕縛《アレスタシオン》、拷問《トルチュール》、虐殺《マサクル》の時代は今日、至る所に訪れた。ナチの捕虜収容所で日本の留置所で、我々は他人を物とし、拷問し、虐殺する味を覚えた。われわれは凡てサドでありマゾである。少なくともその共犯者なのだ。

そのようなサド的世界に生きる一般大衆の心理的傾向を最も如実に投影してくれるのは最近の探偵小説だろう。立川文庫の忍術使いや紅涙小説の薄倖《はっこう》の女性はこの世界では探偵である。探偵作家はすべての通俗作家同様、彼の読者のひそかな欲望を己が主人公に解放せねばならぬ。かくして新しい理想的人間像（?）は、まず、金に困らぬ男である。コナン・ドイルのシャロック・ホルムスのように朝飯に下宿の婆さんのゆで卵ばかり食っているモソモソした貧乏くさい探偵の時代は過ぎた。イキで颯爽《さっそう》として金まわりがよい。ダーシャル・ハメットの私立探偵はそれを演じたウイリアム・ポウエル同様美男子で、金銭の心配は絶対にした事がない。第二に酒がすきである。いつもキャトル・フィンガーズでウイスキーをなめなめ、事件の解決を考えている（マック・コイの新聞記者ドラン）。第三に女にもてて、しかも少なからず、和田平助《わだへいすけ》である（ペータ・チェイネイのレミイ・コーション探偵）。第四に実にチャッカリしていて利己主義で時には非情でさえある（ミッキイ・スピレインのハマー探偵）。第五に……つまりこれらの「タフな探偵」ちゃっかり探偵はアメリカの普通市民の理想的人間像であろう。画一《かくいつ》的順応主義と凡庸主義に無個性に化せられた彼ら小市民が、アメリカ流の生存競争社会に個性ある性格あるものとしてひそかに憧れるのがこれら探偵に表現されている人間像なのである。

しかも普通、ぼくらがドイルやクリスティの探偵小説から味わった推理の面白さ、謎《なぞ》を解く興味などはこれらの探偵小説には、あったものではない。残虐性《サディスム》と被虐性《マゾヒスム》、人間の最も原始的な性欲と暴行の本能を疼《うず》かせるところにその生命がある。最近、邦訳されだしたハードボイルド派のスピレインの一、二作など、まだ序の口で「或《あ》る女が自分たちの仲間を裏切った別の女の顔に焼き鏝《ごて》をあて」（I・H・チェーズ『十二人の支那《しな》人と一人の女』）たり「黒人に対するリンチ。エーテルを顔にかけて麻痺《まひ》させ虐殺する」（マック・コイ『ポケットに鸚鵡《おうむ》はいない』）などお茶の子さいさいである。勿論《もちろん》、それを読んでいる善良な青年やチュウインガム噛《か》む娘たちが作中人物と同じようになろうとは考えてはいない。しかし立川文庫を読むぼくと同様、彼氏、彼女らがひそかに抑圧された欲望をそこで充《み》たしているのであろうか。そこでカーク・ダグラスのような面貌《めんぼう》がロバート・テーラーよりもあたらしい魅力像となるのだろうか。確実な事は、ぼくらのひそかな欲望、新しい傾向を洞察するに敏な通俗作家たちが残虐性《サディスム》や被虐性《マゾヒスム》をその作中人物に加えたという事である。その理由が社会機構のためだとか、戦争のせいだとかいうのはやさしいし、意味ない。また、その原因を探るのは彼ら通俗作家にとっては問題とはならない。しかし純文学者にとっては、問題である。肉欲と暴力との関係、マルキ・ド・サドが二世紀前とり上げたこの重大な問題は、今日のように警察、収容所、拷問、裏切り、虐殺の時代には、もっと、もっと、作家たちが追求すべき問題であるように思われるのだが。

サド侯爵の犯罪

私を指して「変態」と呼ぶ人がいる。私にいわせれば私ほど人間的であるものはない。彼等の性欲こそ盲目的であり、動物的である。

――「サド侯爵の日記」より――

サド侯爵――つまり、ドナチャン・アルフォンス・ド・サドという男ほど、今日でさえも、仏蘭西《フランス》で顰蹙《ひんしゅく》されている奴はいない。というのは、精神分析学者たちの便宜的な分類法のおかげで、所謂《いわゆる》、変態性慾《せいよく》の加虐症《サディズム》※1の元祖に彼がたてまつられたからである。(同じようにマゾッホという男は被虐症《マゾヒズム》の発明者と見なされている)

そう云うために、基督《キリスト》教国である欧州ではサドという名は、もっとも罪ぶかい背徳者か変質者の代表と思われ、十八世紀の反逆的思想家であり、また、奇怪な文学者であった彼の真貌《しんぼう》は忘れられがちであった。

だが、これは不当なことである。加虐症のような変態性欲に悩む者は世の中にウジャウジャいるのであって、その病例はなにもクラフト・エービングの名著『変態性欲心理』のなかに探さなくても、世間を少しでも知った人ならば、すぐにわかることだろう。のみならず、どんな男も女もサディズム、マゾヒズムの要素を多少は兼ねそなえてもっている。ただ、サドは、この肉慾の謎と深淵《しんえん》とをハッキリ眼の前につきだし、それに生涯を賭《か》けて、自分と社会とにぶつかっていったのである。

では、サドが実生活で、こういう加虐的な行為をしなかったかというと、勿論そうではない。「アルケイユ事件」と「マルセイユ事件」がもっとも代表的な彼の犯罪である。それについて書いてみよう。

一　アルケイユ事件

一七六八年の四月三日、丁度復活祭の日曜日だった。朝の陽光がさんさんと降り注

※1　サディズム　Sadism　マルキ・ド・サドの名に由来する加虐症。フロイトは性的満足が性の対象の苦痛や害にもとづいて起る場合を指している。広くは破壊的衝動や人間一般の攻撃的傾向をいう。

ぐパリのヴィクトワール広場には、着飾った男女が群がっていた。子供たちは今日のお祝いに教会からもらった色とりどりの卵を手に、白いヴェールの下から愛らしい瞳《ひとみ》を輝かせている。

その人ごみの中に立って、しきりに慈善を乞《こ》うているひとりの乞食女がいた。こういう日のことだけにいつもより喜捨は多いようだったが、それでも、一月ほど前から同じ場所に立っている彼女を見なれてしまったのか、まだ若いこの女に本気で注意を払おうとするような人はいなかった、ただ一人の人物をのぞいては……。ひとりの貴公子、灰色の上衣を着、白いマフラをつけ、短剣をおび、手に杖《つえ》をもった男が、広場の中央、ルイ十四世[※2]の銅像の下に立って、最前からじっと彼女に視線をすえていたのである。やがて彼はつかつかと女のそばに歩いてゆくと、こういった。

「きみ、きみ、ちょっとぼくのところに来ないかね。一エキュあげるよ。」

「あの、わたし……」と彼女は驚いていった。「こんなことしていますけど、猥《みだ》らなことをするような女じゃございません!」

「冗談じゃない。変な誤解をするもんではないよ。ただ小間使いがほしかっただけなんだがね。いやなら……」

「あ、失礼いたしました。それならもう喜こんで。」

実際彼女にとって望外の喜びだった。何年かまえに捏粉《ねりこ》職人をしていた夫をなくしてから、思えば苦労の連続である。しばらく辛《つら》い女工づとめをしていたが、その職さえも失っていまは乞食《こじき》の身の上だ。小間使いに住みこんでうまくつとめ上げれば、何とかこれから先の生活はやってゆけるようになるかも知れない。紳士がやとった辻《つじ》馬車にゆられながら、彼女はそんなことを考えていた。それにしてもこのおしゃれな紳士は何者だろう。どうやら貴族らしいが。そしてこれから連れてゆかれる郊外の別宅というのは、どんな家なのだろう。そばの男は黙って眼を閉じていた。

馬車はパリの街をはなれ、郊外の畑の中のほこりっぽい道を走りぬけ、やがてアルケイユという村につく。丁度お昼頃である。村はずれで車を降りると、貴公子、つまり他ならぬサド侯爵は、女をラルドネイ小路にある一軒の家に案内した。ちょっと待っていてくれよ、というと自分だけ玄関からさきに入って、内側からわきの小さな戸口を開き、中庭を通りぬけて二階の一室に女を連れていった。

大きな部屋だった。かたくとざされた鎧戸《よろいど》のすき間から洩《も》れる光が、天蓋《てんがい》つきの二

※2　ルイ十四世（一六三八～一七一五年）　中世フランスの国王。重商主義政策で国富を増大し欧州第一の強国化に成功。文化の面では古典主義が繁栄し、ヴェルサイユ宮などを建造、豪華な王朝時代をつくった。

つのベッドの上に落ちている。男はパンと何か飲むものをとってくるから、と出て行ったきりなかなか帰って来なかった。彼女はようやく少し不安になり始めた。一時間たった。やっと蠟燭《ろうそく》を左手に彼は戻ってくると、「さあ、下に行こう、きみ」と言って、先に立って一階の小室に降りていった。同じように陰気な、うす暗い部屋である。

「名前はなんて云うの？」

「ロォズ・ケレと申します。」

「ロォズか。じゃロォズ、裸におなり。」

「…………」

「着物を脱ぎなさいといっているんだよ。」

「どうしてですか？」

「どうしてだって？　もちろんきまっているじゃないか。遊ぶためだよ。」

「いやです……そんな……御約束がちがいます。」

拒絶にあってサド侯爵の白いひたいにピリッと青筋が走った。それから唇を残忍そうにゆがめると、

「いやなら殺して、庭に埋めてやるぞ。」

そういうとまた部屋を出て行ってしまった。ロォズはふるえ上った。本当に殺されるかも知れない。だれひとり身寄りのない自分、その自分がヴィクトワール広場から

ひとりの貴公子に連れ去られたことなど、だれが注意していよう。しかも森閑としたこの家には、あの男以外だれ一人住んでいる者はなさそうである。なんとかして逃れるみちは？　と、いまさらのように慌ててドアにかけよって見たが、押しても引いても動かなかった。一回ごとに鍵《かぎ》をかけて出入りしているのだ。最後まで抵抗したら、ほんとうに殺されてしまうだろう。そして凌辱《りょうじょく》され、庭に埋められるだろう。だれにも知られることなく、文字どおり闇から闇へ葬られるのだ。殺されても、どうせ辱しめをうけるならば、一度いうことをきいても助かった方が、——彼女には急に、家の外の世界がたまらなく恋しくなった。さんさんと注ぎかける春の太陽。お祭りの、着かざった人々。ああ死ぬのはいやだ。こんなふうに殺されてしまうのは厭《いや》だ。

しぶしぶ、ロォズは服を脱ぎはじめた。

シュミーズ一枚になったとき、鍵をあける音がした。本能的に、彼女は脱ぐ手を止めると、二つの腕を乳の上に組みあわせて身を守るポオズをとった。男の姿があらわれる。

「どうした。早く裸になるんだ！」

現実に相手を目の前にし、この男に犯されるのかと思うと、いままでの決心もゆるみ、死の恐怖より嫌悪の方がつよく彼女の心を占めるのだった。

「いやです！　あんたなんかに……いやです！　殺して下さい。」

侯爵はニヤリと笑うと、彼女にとびかかり、その場に押し倒した。泣き叫びながら男の金髪を摑《つか》んで争うのだが、死の恐怖と身を守ろうとする本能との間にゆれている女の心は、こうなると弱いものだった。男の強い力の前に最後までは抵抗しきれず、すぐ一糸もまとわぬ裸体にされてしまった。その白い体を侯爵は抱きあげると、隣の室《へや》にかかえてゆき、赤と白との色模様のついた寝椅子の上に横たえる。

ロォズはもう完全に諦《あきら》めていた。この上抵抗してもかえって苦痛の時間を長びかすばかりだから、黙ってなすがままにされようと思ったのである。ところが男は、彼女の体を寝椅子の上におくと手足をひろげさせて、四肢をその寝椅子に麻縄でしばりつけるのだった。

それから、男も下着一枚になった。乱れた髪を気にしてか、ハンカチをとり出し、それで鉢巻をしめる。そしていきなり鞭《むち》をとって、横たわった彼女の裸体を打ちはじめた。

ロォズは苦痛のあまり呻《うめ》き声をあげた。すると男は短刀をみせて、もう一度さっきと同じことを云った。

「声を出すと殺して埋めるぜ。」

そして烈しく打ちつづける。時々は鞭の代りに結び目をつくった紐《ひも》を使って叩《たた》くのだった。女の白い体はたちまち血まみれになってゆく。彼は二、三度打つ手を止めて傷口に練り薬をぬると、また撲《なぐ》りつづけた。

「ああ……助けて頂戴《ちょうだい》。あたし……復活祭※3だっていうのに、告悔の秘蹟《ひせき》も授からずに死ぬなんて！　あんたもクリスチャンだったら、おねがいだから、せめて告悔がすんでから死ねるようにして……」

「心配するな。俺が坊主の代りに、告悔をきいてやるよ。」

神聖な告悔を自分がきいてやる！　キリスト教徒として驚くべき言葉である。どんな犯罪者も、キリスト教への冒瀆《ぼうとく》であり挑戦であるこうした言葉を、そう簡単に口にするものではないのだ。彼がキリスト教徒であるかぎり、それは神に近づく途《みち》を自分から断ち切ってしまうことに他ならないのだから。

女の必死の懇願にもかかわらず、鞭は次第にはげしく、早くなってゆくばかりだった。そして突然、男は世にも恐しい、かん高い声をあげた。オルガスム。こうして処刑は終った。

サドは傷だらけのロォズを先ほどの隣室に連れてゆき、体を洗ってやって、着物を

※3　**復活祭**　キリスト復活の記念祭で、春分後の満月あとの日曜日に行われる。前後を聖節とし悔悛《かいしゅん》、聖体拝授が信者の義務である。

きせ、パンと肉と葡萄酒《ぶどうしゅ》を与え、ふたたびはじめに連れこんだあの二階の部屋にもどらせた。

一人になると彼女はベッドのシーツをとってそれで急製の綱をつくり、窓の鎧戸をこじあけて綱づたいに庭にぬけ出した。ようやく思いついた気転である。村人に会った時、彼女の衣服はズタズタになっていた。

ロォズ・ケレは告訴し、その結果サドは、しばらくの間刑に服さねばならなかった。

二　マルセイユ事件

このアルケイユ事件があって四年後の一七七二年、六月二十七日のことである。

モンペリエ生れのマルグリット・コストと呼ぶ二十五才の娘が、門先で、背のたかい男によびとめられた。マルグリットは表むき針子のような職業をしていたが、実は体を売って金をもらうこともやっていたらしい。いわれるままに男についていった。

男はキャプサン町という裏路《うらみち》にある、とある家に彼女を連れていった。現在でもこの家はマルセイユに残っていて、写真でごらんになればおわかりになるように、当時の階段も残っている。十八世紀風の入口もそのままだが、一階は肉屋の店になっていた。

女が部屋に入ると、やがて、先ほどの男とは別の、一見、貴公子風の青年がはいってきた。中肉中背でブロンドの髪をはやし、灰色の上衣と絹のズボンをはいている。腰には剣をさげ、金の柄のついた杖《つえ》を手にしている。

貴公子が、杖と剣とをとる間、女はベッドの傍の椅子に腰かけてジッとしていた。と、彼は、金色にふちどられた箱をとりだして、

「そのなかに飴《ボンボン※4》があるから、おたべ」

とやさしくいった。ボンボンはういきょうの形をした砂糖づけである。

マルグリットは、ひとつか、ふたつを取ってたべてみたが、まずい。

「もっと、たべぬかね」と貴公子は奨《すす》めた。

「沢山だわ。」

「ふん」と相手はさげすむように「ほかの女は、みなたべたのだがな。」といった。

それから、突然、奇妙な質問をした。

「お前、おなかが痛くないかね。」

マルグリットは、気味がわるくなった。こんなお客は、今までみたことがなかった。

※4　ボンボン　Bonbon　キャンディの一つで外皮を砂糖で固め、中に果汁、ウィスキィ、ブランデーをいれたもの。フランスの婦人がとくに好む。

早く、やることはやって逃げて帰りたかった。が、男は離さない。離さないのみならず、小声で女に、あるイヤらしい性技を要求したのだった。

※

やがて貴公子は、机の上に六フランの金をおいて出ていってしまったが、その時彼女にはげしい腹痛が起りはじめた。くりかえし襲ってくる吐き気。間断なく彼女はなにか得体の知れない黒ずんだ色のものを吐き続けた。

数日後、訴えによって検事がコストのもとをおとずれた時も、まだ彼女の嘔吐《おうと》は止っていなかった。検察庁は捜査の結果、貴公子の名がサド侯爵といい、その前日にもこれと似通った、いや、さらにそれ以上の「神を怖れぬ」行為をしていたという事実を発見した。

つまり次のようなことである。六月二十三日の朝、マリアンヌ・ラヴェルヌという十八才になる少女が街で青と黄色との水夫服を着た男に出会った。彼は自分の主人が「女遊びのために」マルセイユ※5に来ているということ、多勢の娘が欲しいのだということを告げた。そして翌々日、ラトゥールという名のその男は今度はマリアンヌの家までやって来て、ぜひ今日多勢で遊びたいがここの家では外から見えてしまうから他の場所がいいといった。結局同じキャプサン町にある、マリエット・ボレリイという女の家がえらばれた。集った娘たちは、その他マリアネット・ロォジェとロォズ・コスト、あわせて四人である。

ラトゥールと一緒にやって来たのがサド侯爵だった。彼は娘たちを見ると財布から金貨をいくつかとり出して、

「これが何エキュだか、当てたお嬢さんを一番はじめにしようよ。」

といった。当てたのはマリアンヌだった。彼女以外の三人の娘は部屋から追い出される。侯爵は扉に鍵《かぎ》をかけると、後に残っているマリアンヌと従僕のラトゥールとをベッドに寝かせ、一方の手でマリアンヌを鞭打ち、もう一方の手でラトゥールの股間《こかん》をさぐって、「興奮」させようとした。そのうちにラトゥールは外に出て行ってしまった。サドはポケットからボンボンをとり出し、娘にすすめた。

「沢山おあがり。催淫剤《さいいんざい》なんだから。」

マリアンヌが七つか八つほど食べ、もうほしくないというと、彼はあの哀れなコストに向ってしたのと同じ要求をした。サド自身か、ラトゥールかに背後から性交させ

※5　マルセイユ　Marseille　フランス地中海岸の港で国内第二の都市。紀元前シーザーの占拠後一小王国が支配し十三世紀に独立、一四八一年にフランス領となった。ロマネスクとルネッサンス様式の町。

ないかというのだ。そんな、「神様の思《おぼ》し召しに違《たが》うようなやり方」は厭《いや》だと彼女が断ると、今度はポケットから羊皮紙の紐《ひも》をとり出した。曲った留針が無数についている、血まみれの紐である。

「これでぶってくれ。」(読者はここで、サディズムが容易にマゾヒズムに転化することに注意して戴《いただ》きたい。)

しかし彼女はこういう変態的な遊びに興味がなかったので、三、四回も叩《たた》くとうんざりしてしまい、「もっと！　もっと！」哀願する侯爵に応じなかった。すると次には、ヒースの帚《ほうき》で撲ってくれという。この方がまだ彼女にはましだった。「もっと強く！」と叫ぶサドの言葉に従って腕を振っているうちに、突然胃が痛み出し、部屋の外へとび出した。

そこで、次はマリエットの番である。下僕のラトゥールも一緒に部屋に入れると、サドは彼女に、

「裸になりたまえ」

といった。それから帚をとって二十三才になるこの娘のあらわな肌を何度か撲りつけ、次に逆に自分を叩いてくれといった。彼女が撲っている間、その打撃の一回ごとに彼は、煖炉《だんろ》の棚にナイフで刻み目をつけていた。後で警官がこの刻み目を計算したところ、次のような数が読まれた。二百十五。百七十九。二百二十五。二百四十。もちろ

ん撲《なぐ》らせた回数だけではなく、この中の、いくつかは、彼自身が娘を撲った数字なのだろう。

満足するまで叩かせると、素裸の娘をベッドの上にひっくりかえし、背後から挑むのである。しかもさらに彼のうしろから下僕のラトゥールに鶏姦《けいかん》させる。サドに同性愛はなかったと主張する学者もいるのだが、この場合は当時の公判記録に従って、事実だけを述べることにしよう。つまり一人の女と二人の男との、三つ巴《どもえ》の快楽がしばらく続けられたのである。それが終るとロォズ・コストの番だった。

二十才のこの娘も、すぐ全裸にひきむかれベッドに横たえられて、下僕ラトゥールと抱き合わさせられた。そしてコストの体をサドの鞭《むち》が撲りつづける。彼女に向っても下僕に背後から身を任せることを要求した。

最後にマリアネット・ロォジェ。二十才の娘である。彼女は自分の体を男の指がまさぐるのに任せていたが、彼がもう二十五回ほど女を撲りたいというのを聞き、その上ベッドに血だらけの、しかも針のいっぱい植わった紐が転がっているのを見て、震え上った。

「あたし、怖いわ！」

逃げてゆくマリアネットを追いかけ、ついでに胃の痛みが少しよくなって戻って来たマリアンヌと二人を捕えて、部屋の中にひきずりこみ、扉に鍵をかけた。

「ちっとも怖いことなんかないんだよ、マリアネット。まぁ見ていてごらん。」マリアンヌをベッドの上にうつぶせに押し倒すと、す早く衣服をはぎとり、鞭をとって撲りつけた。それから自分自身服を脱いで、十八の少女の、むき出しにされた豊かなお尻《しり》の上におおいかぶさっていった。その彼の背後からラトゥール。四たび三つ巴の凄惨《せいさん》な光景である。マリアネットは見ているどころか、じっとただ窓の方に眼を据えている他なかった。仰天したマリアンヌは泣き出した。

サド侯爵はやっと満足したのか、騒ぐな、といって叱りつけてから彼女らを外に出してやり、四人のひとりひとりに一エキュずつのお金を渡した。そして、今夜よかったらみんなで海に行かないか、とつけ加えるのだった。彼女らはその夜、お供を拒絶した。そしてサドは翌日、新しい犠牲者マルグリット・コストをえらんだのである。

四人の中で、毒性の催淫剤を飲まされたマリアンヌには、その後コストと同じようにはげしい胃痛と嘔吐が続いた。七月四日附の検事調書では、二人の病状がまだ一向快方に向かわないことが述べられている。

以上がサドの多端な生涯のうちでも、もっとも有名な、そしてもっともどす黒い二つの事件の概要である。この記録を読みながら読者に注意していただきたいことが二つある。一つはサドの住んでいた、十八世紀末という社会だ。貴族社会の堕落没落と、新興ブルジョア階級の哲学、合理主義※6の流行。貴族であると同時に知識人だったサドは、旧《ふる》い階級の頽廃《たいはい》した心情と血液とを持っていた一方、貴族の没落という歴史の必然をよく知っていた。ただそれとともに彼は、この世には科学的な合理主義で割れ切れない人間性、その悪魔的な性質がひそんでいることも知っていたのである。自分自身の悪魔的な、異常な情慾《じょうよく》をほとばしらせることは、彼にとって時代への身を以《もっ》てする叛逆《はんぎゃく》だったのだ。

それにもう一つ、大切なことはキリスト教の問題である。彼の相手となった女たち、素人はもちろん純然とした娼婦《しょうふ》に至るまで、教会の教義にだけは逆らうまいと努めていること、ただ今読まれたとおりだ。それほどキリスト教の力の強い社会である。その中で彼は社会に反抗し、教会に挑戦し、自分の人間性にひそむ悪魔的な力を思うさま爆発させたのだった。悪魔的なものを完全にぶちまけて見せるということは、その内容をつきつめて見きわめることであり、それもまた人間追求の一つの手段である。

※6　**合理主義**　理性と矛盾する一切のものを否定する立場、あるいは矛盾するものをも理性によって合理化できるとする態度。経験主義や感覚主義に反対。デカルト、スピノザ、ライプニッツなど。

ということは、これもまた神に至る一つの途《みち》かも知れないということだ。ネガティヴのみち。だれにでも出来ることではない、容易に許されないみちではあるが……。

今日、はげしい変動の時代に住んでいる私たちには、人間の醜悪な行為にぶつかる機会が多い。しかもそうした現象の中には必ず、人間性の奥深いところにつながりをもった、常識や社会学の公式では割れきれないものがひそんでいるのである。

人間性にひそむ、異常な、底知れない醜悪さ。この問題との対決をさけては、どんなに高級な人生論も意味がない。

悪魔的なものをぶちまけてみせたサドの場合を見ておくことは、その意味で現在かなり必要なことと思う。日本では従来、単に異常性欲者の元祖としてあまり簡単に片づけられすぎてきたサドを、あらためて紹介しておきたかった理由はそこにある。

〔附記〕参考文献として次の研究書を使用しました。

Vie du Marquis de Sade; Gilbert Lely, éd. N. R. F.

Le Marquis de Sade; Maurice Heine, éd. N. R. F.

幽霊見参記

今までぼくは幽霊なんか、ほとんど信じたことはありませんでした。よく夏の夜など、友人から怪談実話など聞かされることがありましたが、そんな時も「フン作り話だろう」という気持で聞いていましたし、ひょっとして、そう言うことがあるにせよ、自分の眼で確かめない限りは信じられんというのが本心だったのです。

十一月の終り、ぼくは同じ作家の三浦朱門《みうらしゅもん》と伊豆《いず》にハイキングにでかけました。ちょうど二人とも仕事が一段落ついたので、暖かい海べりをブラブラ歩いてみたくなり、何処に行くという目当てもなく、小田原《おだわら》に出てしまったのです。

「ひとまず伊東《いとう》に行こうじゃないか」小田原の珈琲《コーヒー》店でぼくは時間表をみながら三浦に言いました。「伊東から熱川《あたがわ》にくだるのも一興だぜ」

その伊東にむかう汽車が熱海《あたみ》についた時、今度は三浦が「ここで降りよう」と駄々をこねはじめました。情けないことですが三浦という男は酒も菓子もキラいなくせに、飯だけは人一倍食う男で、熱海駅の駅弁の声を聞くと腹の虫がおさまらなくなったらしいのです。「俺、もう、ひもじゅうて、ならんのや」そう言って彼は鞄を持つとサッサとホームにおりてしまいました。

　夕暮で、熱海の駅前を寒そうに肩をすぼめた客引きが我々に寄ってきました。何処に泊る目当てもなかったのですが、ぼく等は鞄を手にしたまま駅から北側の、山にそった坂道をのぼりはじめました。坂の下には黄昏《たそがれ》の熱海の町と黒い海とがみえました。むこうの燈台《とうだい》に灯が明滅していました。

　道をのぼりつめた所に、竹藪《たけやぶ》にかこまれた、一見、待合風の小さな旅館が眼につきました。いかにもひっそりとした、物静かな様子が気に入ったので、ぼくと三浦とは、ここに泊ることに決めたのです。

　通されてみると、客はぼく等以外、誰もいない。茶を運んできた女中に聞くと、ここは昔、役者の家だったから宿屋のような造りではないのだと説明してくれました。そう言えば部屋数も、四、五間しかないし宿というよりは別荘という感じのする家です。

　風呂《ふろ》にはいり、飯を食い、飯を食ったあとぼくは三浦を相手に下手な五目ナラベをして遊びました。それから少し風邪気味だったので、彼を誘って熱海の町に薬を買いにおりました。町で射的をやったり、麦酒《ビール》を飲んだりして宿に帰ったのが十一時半過ぎだったと思います。

すると、女中が「離れにお寝床をのべておきましたから」と言う。そう言えばさっき、この宿屋の門をくぐった時、右側に竹藪にかこまれて、ひどく暗い陰気な離れのあったことをぼくは思いだしました。

下駄《げた》をつっかけてその離れ屋に行ってみると、既に水差しや電気スタンドをはさんで寝床が二つ敷いてある。

「これは茶室だな」と三浦が言いました。

「この家の持ち主の役者が作ったんだろうが、変やなあ。入口も便所も鬼門やぜ」

「鬼門とは何だ」

「お前、鬼門を知らんのんか。鬼門とは……」

三浦は関西弁でこの離れの入口と便所とが鬼門という悪い方角にあたることを説明してくれましたが、ぼくは別に気にもかけませんでした。ただ、長い間しめきって使ってなかったと見え、障子や畳は新しいが、湿った青くさい臭いが部屋中にするのがイヤでした。

寝床で寝そべりながらぼくたちはケシカラヌ話などして笑い合いました。町から宿に帰ったのが、十一時半でしたから、三浦が、

「ああ、疲れたっと、寝よか」

と言ってスタンドの灯を消したのが十二時を過ぎたか過ぎぬ頃だったでしょう。

闇の中でぼくは、熱海駅からひびく、もの悲しい拡声器の声をぼんやり聞いていましたが、やがて小石のように眠りに落ちていきました。

……ひどく苦しい。だれかが胸を両手でハガイ締めに締めつけてくるような気がする。その上ぼくの耳に口をあてて、嗄れた声で何か言っているのです。「ここで、ここで、私は首をつったのです」

眼がさめました。寝汗で体がグッショリとぬれている。しかも、今の胸ぐるしさとあの嗄れた声とはハッキリと覚えていました。非常に不愉快な気持でした。ぼくは欧州からの帰り印度洋《インド》を五日間、船酔いでくるしんだ経験がありますが、あの船酔いとそっくりの気分なのです。

(ああ、イヤな夢を見た)

しかし、こんな夢はよく、胸に手を当てて寝ていると見るものですから、ぼくはそれよりも寝汗にぬれた寝巻の方が気にかかりました。

(このままで……寝たら……風邪がこじれるだろうな。こじれるだろうな)そうぼんやり考えながら、しかし起きあがるには体がだるく、ふたたび眠りに落ちたのですが――。

また、あの押えつけるような胸の重さがはじまり、耳もとに口をよせて嗄れた声が聞えるのです。「ここで、ここで私は首をつったのです」

今度はゾッとした気持で眼をあけました。寝汗が一層烈《はげ》しく背中を流れています。よほど三浦を起そうかと思いましたが、何か恥ずかしくて黙っていました。話した所で嘲笑《ちょうしょう》されるが落ちです。彼の方は、闇の中で寝息さえたてずジッとしていました。

三度目の眠りにはいりました。「ここで、ここで、私は首をつったのです」今度はぼくの胸を締めながら、しきりにその男は体をゆさぶっているようでした。その男と言っても顔も形も見えません。ただそいつがそこにいることだけがハッキリと感ぜられるのです。

「三浦」とぼくは遂に大声をあげて呼びました。「起きてくれ。この部屋には何かあったんだ。誰かが自殺したらしい」

その時、三浦がバッと飛び起きました。彼は震える手で電気スタンドをひねると、

「ほんまか、――それ」

「夢ばかり見て、俺」とぼくは呻《うめ》きました。

「胸を押えつけやがって、首をつったと男が言うんだ」

しばらく三浦は黙っていました。そして、

「おい、俺も見たのや」

「見た？　何を見た？」

熱海の駅を夜汽車が通りすぎて行く音がかすかに聞えました。庭で竹やぶの葉がざ

わめいています。スタンドの灯にうつった三浦の顔がひどく灰色で、みにくゆがんで、ぼくは思わず枕に顔を伏せたほどでした。

「さっきから三回、眠れずに眼があくと」と彼はうめくように言いました。「その部屋の隅にセルを着た若い男が外向きに坐《すわ》っている、はじめは恥ずかしゅうて我慢したが、もうたまりかねて起そうとしていた時、お前が声をあげたんや」

僕は枕から顔をあげて、三浦の指さす部屋の隅をみました。電気スタンドの光もそこまでとどかず、暗い影が包んでいるだけです。勿論《もちろん》、そのセルの男の姿はありません。

「逃げよう」僕と三浦は同時に叫びました。寝床から敷居まで一米《メートル》もないのですが半分腰がぬけた様で中々走れません。離れをとび出し母屋《おもや》の玄関までやっとたどりつきました。恐怖の為でしょうか、僕はひどく吐き気がして、木にもたれながら幾度も吐きました。

翌朝二人は熱海から川奈《かわな》まで行き、夜になって伊東に戻りました。その夜、伊東で二人共、わざとだだ広い旅館を選んだのは、昨日の思い出があったからでしょう。

昨夜のように、飯を食い、風呂に入り、二人ははじめて昨日の幽霊を冗談のように話しあうことができました。

「あのセルの男は死んだ役者だったんだろう」

「そうかもしれんな、しかし、もう、ここまで来たら」と三浦は説明してくれました。

「おんぶお化けも町さえ変れば大丈夫」

さて寝ようとして部屋に戻った時、ふしぎなことに女中がまた、「別室にお床をのべました」と言ってきたのです。その別室に何気なく行った時、二人はアッと息をのみました。部屋の構造、障子の位置、床の間の場所、壁の色、そして枕もとの電気スタンドや水差しの形まで昨夜の離れ屋と寸分ちがわなかったからです。幽霊はぼく等について来たのでした。

幽霊屋敷探険

好奇心が人一倍、強いため、年甲斐《としがい》もないことを時々やっては失敗する。だがこの好奇心の虫が騒ぎだすと、もう、どうにもならぬ。つとめて自制しようとしても駄目なのだ。そんな時は「小説家が好奇心を失うと、もう駄目なのさ」と自分で自分に弁解する。

もう十年ほど前、やはりこの好奇心の虫が騒ぎはじめて、全国の幽霊屋敷を探険してまわろうと思いたった。

そこで当時、連載していた週刊誌の掲示板という欄に「幽霊の出る家、場所を御存知の方はお知らせ下さいませんか」という依頼をのせてもらった。

その結果、親切な読者から、五十通ちかくの手紙や葉書を頂戴《ちょうだい》したように憶《おぼ》えている。わが日本にはこんなに幽霊が沢山でるのかと、今更のように感心したものだ。

ところがそれらの手紙や葉書に、「では、こちらからおたずねしますので」と返事を書くと、急に風向きが変ってきた。

「その家は二年ほど前にとりこわしになりました」

「自分の祖父の代まで幽霊が出たが今は出なくなりました」

話がなんだか怪しげになっていく。

結局、五十通ちかい手紙のうち五通だけが残って、私は友人と早速、たずねて歩くことにした。

その訪れたなかに、名古屋《なごや》の中村遊廓《なかむらゆうかく》で時計が十二時になると、必ずとまるという家があった。

私たちが行った時はちょうど、赤線が廃止になった後だったから、昨日まで遊客たちでにぎわっていたあのあたりが、まるで夕暮れの撮影所のセットのように虚《うつ》ろで、ガランとして問題の家も、案内してくれた人が戸をあけると、閉めきった空屋の臭いがまずプンと鼻についた。梅雨どきだったから庭には雑草が生えしげり、歩く廊下も白く埃《ほこり》がたまっていた。たくさんの部屋はまだ畳がしいてあったが、その畳が湿気で湿っている。私はその中にたつと、まだここに来た男と女との愛欲が粘りっこくその畳にも壁にもこびりついているような気がしてならなかった。

案内してくれた人の話によると、この家は前から真夜中になると、どんな時計もピタリととまると言う。何でも大正時代に、ここで時計屋の小僧が自殺したことがあるので、その恨みではないかと、案内人は真顔で言うのだった。

私は一応、ホテルに戻って、十一時ごろまで仕事をしてから、友人とかねて用意してきた目覚時計と懐中電燈《でんとう》とをもって、さっきの家に出かけた。さすがに真夜中に空家にもぐりこむのは気持がいいものではない。

「で、結局、どうなったのですか。出たんですか、時計はとまったんですか」

私と友人とは目覚時計を畳の上において あぐらをかき十二時の来るのを待った。十一時五十八分ぐらいから、私の胸は好奇心でドキドキとしはじめ、その音が耳にきこえるぐらいだった。実際、生涯のうち、あの時ほど時計のカチカチいう音を意識したことはない。

むしむしする日で、外は雨こそ降ってなかったが、湿気が庭にも家にもこもっている夜だった。私は煙草に火をつけ――

「煙草のことなんか、どうでもいい。それよりとまったんですか。とまらないんですか。時計は」

まァ待ちなさい。話というものには呼吸がある。横からヤアヤア言われると話の腰をおられたようで、どうも面白くない。結論をすぐ急ぎすぎるのが現代人の悪い癖だ。余裕というものがない。生活とはそういうものではないな。イチタス、イチは二というような割り切り方はどうも気に食わん。イチタス、イチはサンでもヨンでもいいではないか。読者諸君もそう思いませんか。

いつの間にか話が横にそれてしまった。さて私は煙草をすい、目覚時計をじっと見つめた。十二時に長針と短針とが重なりあった時、私の好奇心は絶頂に達して胸は破裂せんばかりだった。友人がゴクリと唾《つば》を飲む音が、規則ただしい時計の音にまじってきこえ、それからその針が十二時一分の黒点に移行した。時計はとまらなかったわけである。

この家だけでなく、他の四軒の幽霊屋敷も訪れてみて、幽霊にぶつかったことは一度もなかった。思えば野暮なことをしたものである。

幽霊屋敷などは探険するものではなかった。あれは野暮な行為である。ベールをかぶせたものは、決して中を覗《のぞ》くものではない。おかげで私は当分のあいだ、怪談などを読むのが馬鹿々々しくなり、あのロマンチックな存在に憧《あこが》れの気持を失ってしまった。

だが今でも、本当に幽霊の出る家がまだあるのではないかというかすかな望みがないわけでない。読者よ。どこか正真正銘の幽霊屋敷を御紹介して下さいませんか。

『蜘蛛――周作恐怖譚』あとがき

だれだって怪談とか怪奇談とかは大好きなはずである。ぼくも夏の夜など寝ころんでそんな話をきくのがたまらなく好きである。

話だけではなく好奇心の強い者はそういう怪談がひめられた場所や幽霊屋敷を探検したい気持になる。幸いこの本を書くためにそういう好奇心を満足させる好機会をえたのでぼくは、大悦《おおよろこ》びだった。

こちらも楽しみながら書かせて頂いたのであるから、お読みくださる方も夏の夜話としてでも楽しく頁をひもといてください。汽車旅の退屈さや日曜日の午後の無聊《ぶりよう》をお慰めするだけの内容があると著者も自信を持っています。

遠藤周作

編者解説

日下《くさか》三蔵《さんぞう》（書評家）

かつて講談社文庫に収められていた遠藤周作《えんどうしゅうさく》の異色作品集『怪奇小説集』と『第二怪奇小説集』が、それぞれ『怪奇小説集　蜘蛛』『怪奇小説集　共犯者』として角川文庫から復刊され、好評だという。

私は『怪奇小説集　共犯者』の方の解説を頼まれて書いたが、その際に「遠藤周作には、ミステリ・ホラー系の短篇が、まだ一冊分くらいありますよ」と担当編集さんに漏らしたところ、「ぜひ、続けて出したい」とのオファーをいただいた。

そこで新たに編んだ本書『怪奇小説集　恐怖の窓』は、講談社文庫の表記に倣うなら『第三怪奇小説集』ということになるだろう。この三冊で、遠藤周作のミステリ、サスペンス、ホラー、奇妙な味のジャンルに属する短篇は、ほぼすべて読めるはずである。

以下は『怪奇小説集　共犯者』の解説で書いたことの繰り返しになるが、遠藤周作はわざわざ読者から情報を募ってまで幽霊屋敷の探検をしたいほど怖い話が好きで、自らもその手の作品を非常に多く手がけているものの、怪奇小説と推理小説を明確に区別していなかった節がある。

短篇集『遠藤周作怪奇小説集』と『遠藤周作ミステリー小説集』のそれぞれに、両ジャンルに属する作品が収められているだけでなく、『遠藤周作ミステリー小説集』の方は文庫化に際して若干の再編集をして『第二怪奇小説集』に改題されているのだから、これは漠然と「奇妙な話」「怖い話」とカテゴライズしていたと見るべきだろう。

本書も「怪奇小説集」と銘打ってはいるが、せまい意味でのホラー短篇だけでなく、ミステリ、サスペンス、奇妙な味に分類される作品を幅広く収めた。読者の皆さんも、そのつもりで楽しんでいただきたいと思う。

遠藤周作のミステリ・ホラー系の短篇集は、なかなか複雑な刊行履歴を持っているので、ここで整理しておきたい。

A　蜘蛛――周作恐怖譚　59年11月　新潮社
〔三つの幽霊／蜘蛛／黒痣／私は見た／月光の男／あなたの妻も／時計は十二時にとまる／針／初年兵／ジプシーの呪／鉛色の朝〕

B　遠藤周作怪奇小説集　70年2月　講談社
↓怪奇小説集　71年5月　講談社（ロマン・ブックス）
↓新撰版　怪奇小説集「恐」の巻　73年11月　講談社（講談社文庫）
新撰版　怪奇小説集「怖」の巻　00年2月　講談社（講談社文庫）
↓怪奇小説集　蜘蛛　00年6月　講談社（講談社文庫）
21年8月　KADOKAWA（角川文庫）
〔Aの全篇／霧の中の声／生きていた死者／甦ったドラキュラ／ニセ学生〕
※講談社文庫2000年版は二分冊

C　怪奇小説集Ⅰ　75年6月　講談社（遠藤周作文庫）
〔Aの全篇／生きていた死者／爪のない男／恐怖の窓／枯れた枝〕

D　遠藤周作ミステリー小説集　75年8月　講談社
〔気の弱い男／人食い虎／ジャニーヌ殺害事件／姉の秘密／口笛を吹く男／娘はどこに／尺八の音／蟻の穴／共犯者／憑かれた人〕

E　怪奇小説集Ⅱ　77年1月　講談社（遠藤周作文庫）

〔ジャニーヌ殺害事件／霧の中の声／共犯者／幻の女／偽作／憑かれた人／ニセ学生／甦ったドラキュラ／蟻の穴／人食い虎／口笛を吹く男／娘はどこに〕

Ｆ　第二怪奇小説集　77年9月　講談社（講談社文庫）
↓怪奇小説集　共犯者　21年8月　ＫＡＤＯＫＡＷＡ（角川文庫）
〔ジャニーヌ殺害事件／共犯者／幻の女／偽作／憑かれた人／蟻の穴／人食い虎／口笛を吹く男／娘はどこに〕

Ｇ　蜘蛛　96年3月　出版芸術社（ふしぎ文学館）
〔Ａの全篇／幻の女／ジャニーヌ殺害事件／爪のない男／姉の秘密／娘はどこに／憑かれた人／気の弱い男／恐怖の窓／枯れた枝／生きていた死者〕

Ｈ　怪奇小説集　恐怖の窓　22年4月　ＫＡＤＯＫＡＷＡ（角川文庫）
〔恐怖の窓／詐欺師／姉の秘密／爪のない男／悪魔／気の弱い男／俺とソックリな男が……／尺八の音／何でもない話／競馬場の女／枯れた枝／他エッセイ5篇〕
※本書

完全に新作だけの短篇集はAとDのみで、他は増補版、再編集版である。BはAに四篇を増補したもの。講談社の文庫版個人全集《遠藤周作文庫》ではBから三篇を省き、別の三篇を加えたCが、まず刊行された。EはBの残り三篇にDから七篇、別の短篇集から二篇を加えたもの。FはEから既に講談社文庫に入っているBの三篇を省いたもの。

最終的にBとFがロングセラーとなり、昨年（２０２１年）に角川文庫から復刊された訳だが、複雑な再編集を繰り返した結果、どちらにも入らずに入手困難になった作品が何本か出来てしまった。それらをすべて収録したのが本書Hであり、もちろん既刊二冊との重複はない。

各篇の初出は、以下の通り。

恐怖の窓　「週刊平凡」54年9月17日号
詐欺師　「別冊文藝春秋」58年6月号
姉の秘密　「週刊新潮」58年8月11日号
爪のない男　「マドモアゼル」61年8月号
悪魔　「小説新潮」63年3月号
気の弱い男　「別冊文藝春秋」65年12月号

俺とソックリな男が……「小説セブン」68年9月号
尺八の音「オール讀物」70年4月号
何でもない話「別冊文藝春秋」70年9月号
競馬場の女「小説セブン」70年10月号
枯れた枝「オール讀物」71年8月号

このうち「週刊平凡」は平凡出版（現・マガジンハウス）の週刊誌、「マドモアゼル」は小学館の女性誌、「小説セブン」は小学館の月刊誌である。その他の雑誌は現在も発行されているし、誌名から容易に版元は判別できるだろう。

付録としてミステリ、ホラー関係のエッセイと評論を五篇収めた。各篇の初出は、以下の通りである。

シャロック・ホルムスの時代は去った「文學界」54年2月号
サド侯爵の犯罪「知性」55年3月号
幽霊見参記「漫画讀本」57年1月号
幽霊屋敷探険「潮」68年9月号
『蜘蛛——周作恐怖譚』あとがき　新潮社　59年11月

「文學界」は文藝春秋の月刊誌。シャロック・ホルムスはシャーロック・ホームズの古い呼び方である。エッセイ集『春は馬車に乗って』（89年4月／文藝春秋→92年4月／文春文庫）に収録。

昭和二十九年の評論であるから、言及されている作品の多くはまだ未訳であり、著者は原書でこれらの作品を読んでいたことが分かる。参考までに邦訳での表記を記しておくと、ダーシャル・ハメットはダシール・ハメットもしくはダシェル・ハメット、マック・コイはホレス・マッコイ、ペータ・チェイネイはピーター・チェイニー、I・H・チェーズはジェイムズ・ハドリイ・チェイス（IはJの誤記と思われる）のことである。

「知性」は河出書房の月刊誌。「サド侯爵の犯罪」は調べた限りでは単行本への収録を確認できなかった。

文藝春秋の月刊誌「漫画讀本」に掲載された「幽霊見参記　僕はハッキリと感じた」はエッセイ集『ぐうたら社会学』（79年10月／集英社文庫）に「幽霊見参記」として収録。『蜘蛛』に入っている「三つの幽霊」のエッセイ版である。初出では同じ体験をした三浦朱門《みうらしゅもん》の「幽霊見参記　遠藤の布団の中に……」と同時掲載。現在は、ちくま文庫で東雅夫《ひがしまさお》さんが編んだアンソロジー『文豪怪談傑作選　文藝怪談実話』に、遠藤・三浦両氏のエッセイがそろって収録されている。
初出誌では、掲載ページに以下のコメントが付されていた。

凡そお化けの存在なぞを信じようもない新進作家が二人で熱海に出かけた。そしてその二人が同時にハッキリと幽霊を目撃したのだ！　これはその記録である。読者の希望あれば次号には再びその部屋を探訪致します。―漫画讀本編集部―

潮出版社の月刊誌「潮」に掲載された「幽霊屋敷探険」は、エッセイ集『ボクは好奇心のかたまり』（76年4月／新潮社→79年7月／新潮文庫）に収録。幽霊屋敷を探して回った経験を回想したもの。

新潮社版『蜘蛛――周作恐怖譚』の「あとがき」は初刊本にしか入っていないので、参考として収めた。

ここにまとめた短篇やエッセイを読めば、遠藤周作は本当に怖い話やふしぎな話が好きで、そうした作品を楽しんで書いていたことは容易にお分かりいただけるだろう。晩年にも創刊されたばかりの角川ホラー文庫でアンソロジー『現代ホラー傑作選　第1集　それぞれの夜』（93年4月）を編んだり、九四年に創設された日本ホラー小説大賞の選考委員を引き受けたりと、積極的にホラーと関わっている。

日本ホラー小説大賞の選考委員は体調不良により第一回のみとなってしまったが、今回、同じく選考委員だった荒俣宏《あらまたひろし》さんから推薦文をいただくことが出来たのは、実にありがたかった。

角川文庫でまとめられた三冊以外では、幻想味の強い短篇集『その夜のコニャック』(88年8月/文藝春秋→91年8月/文春文庫)があり、ミステリ長篇には『闇のよぶ声』(66年12月/光文社カッパ・ノベルス→71年8月/角川文庫)、『真昼の悪魔』(80年12月/新潮社→84年12月/新潮文庫)、『悪霊の午後』(83年4月/講談社→86年5月/講談社文庫)、『スキャンダル』(86年3月/新潮社→89年11月/新潮文庫)、『妖女のごとく』(87年12月/講談社→91年4月/講談社文庫)などがある。

角川文庫版『怪奇小説集』シリーズの刊行をきっかけに、著者のこうした作品群の再評価が進むことを願ってやまない。

＊本書は角川文庫オリジナルアンソロジーです。

底本一覧

PARTⅠ

「恐怖の窓」「姉の秘密」「爪のない男」「気の弱い男」「尺八の音《ね》」「何でもない話」
――『何でもない話』（講談社文庫　1985年）
「俺とソックリな男が……」――『ユーモア小説集』（講談社文庫　1973年）
「悪魔」「競馬場の女」「枯れた枝」――『第二ユーモア小説集』（講談社文庫　1975年）
「詐欺師」――『第三ユーモア小説集』（講談社文庫　1977年）

PARTⅡ

「シャロック・ホルムスの時代は去った」――『春は馬車に乗って』（文春文庫　1992年）
「サド侯爵の犯罪」――「知性」（河出書房　1955年3月号）
「幽霊見参記」――『ぐうたら社会学』（集英社文庫　2011年）
「幽霊屋敷探険」――『ボクは好奇心のかたまり』（新潮文庫　1979年）
「『蜘蛛――周作恐怖譚』あとがき」――『蜘蛛――周作恐怖譚』（新潮社　1959年）

本書には、トルコ（風俗店）、パンちゃん、バタ屋、精薄児、頭のおくれた、智慧おくれのほか、精神疾患・脳疾患・知的障害・カリエス・梅毒に関して、今日の人権意識や医療知識の観点から、使うべきではない語句、ならびに不適切と思われる表現がありますが、執筆当時の時代背景や社会世相、また、著者が故人であることを考慮の上、原文のままとしました。差別や人権について考えるきっかけになればと考えます。（編集部）

怪奇小説集《かいきしようせつしゆう》

恐怖《きようふ》の窓《まど》

遠藤周作《えんどうしゆうさく》　日下三蔵《くさかさんぞう》＝編

令和4年　4月25日　初版発行
令和6年　11月25日　再版発行

発行者●山下直久

発行●株式会社KADOKAWA
〒102-8177　東京都千代田区富士見2-13-3
電話　0570-002-301（ナビダイヤル）

角川文庫 23150

印刷所●株式会社KADOKAWA
製本所●株式会社KADOKAWA

表紙画●和田三造

ISBN 978-4-04-112446-8　C0193

角川文庫発刊に際して

角川源義

第二次世界大戦の敗北は、軍事力の敗北であった以上に、私たちの若い文化力の敗退であった。私たちの文化が戦争に対して如何に無力であり、単なるあだ花に過ぎなかったかを、私たちは身を以て体験し痛感した。西洋近代文化の摂取にとって、明治以後八十年の歳月は決して短かすぎたとは言えない。にもかかわらず、近代文化の伝統を確立し、自由な批判と柔軟な良識に富む文化層として自らを形成することに私たちは失敗して来た。そしてこれは、各層への文化の普及滲透を任務とする出版人の責任でもあった。

一九四五年以来、私たちは再び振出しに戻り、第一歩から踏み出すことを余儀なくされた。これは大きな不幸ではあるが、反面、これまでの混沌・未熟・歪曲の中にあった我が国の文化に秩序と確たる基礎を齎らすためには絶好の機会でもある。角川書店は、このような祖国の文化的危機にあたり、微力をも顧みず再建の礎石たるべき抱負と決意とをもって出発したが、ここに創立以来の念願を果すべく角川文庫を発刊する。これまで刊行されたあらゆる全集叢書文庫類の長所と短所とを検討し、古今東西の不朽の典籍を、良心的編集のもとに、廉価に、そして書架にふさわしい美本として、多くのひとびとに提供しようとする。しかし私たちは徒らに百科全書的な知識のジレッタントを作ることを目的とせず、あくまで祖国の文化に秩序と再建への道を示し、この文庫を角川書店の栄ある事業として、今後永久に継続発展せしめ、学芸と教養との殿堂として大成せんことを期したい。多くの読書子の愛情ある忠言と支持とによって、この希望と抱負とを完遂せしめられんことを願う。

一九四九年五月三日

角川文庫ベストセラー

怪奇小説集
蜘蛛

遠藤周作

フランスと日本で遭遇した3つの怪現象をつづる「三つの幽霊」。夜道を疾走するタクシーの中で、同乗者が突然話し始めた不気味な話に震撼する「蜘蛛」など、怪異とともに人間が抱える闇を抉る全15篇を収録。

怪奇小説集
共犯者

遠藤周作

夏のリヨンで実際に起きた、不可解な殺人事件をもとにつづる「ジャニーヌ殺害事件」。夫の死を無意識に願う妻の内面に恐怖を誘われる「共犯者」。屈折した女の復讐心を精緻に描く「偽作」など全9篇を収録。

海と毒薬

遠藤周作

腕は確かだが、無愛想で一風変わった中年の町医者、勝呂。彼には、大学病院時代の忌わしい過去があった。第二次大戦時、戦慄的な非人道的行為を犯した日本人。その罪責を根源的に問う、不朽の名作。

ぐうたら生活入門

遠藤周作

柿生の山里に庵を結ぶ狐狸庵山人が、つれづれなるままに筆をとった〝ぐうたら人生論〟。山人一流の機知と諧謔、鋭い人間洞察のその先で、真摯に謙虚に生きることへのすすめをこめたユーモアエッセイ。

恋愛とは何か
初めて人を愛する日のために

遠藤周作

愛についてのエッセイ・方法論は数多い。本書は豊かな恋愛経験と古今東西の文学に精通する著者が、わかりやすく男女間の心の機微を鋭く解明した、全女性必読の愛のバイブル。

角川文庫ベストセラー

明治開化 安吾捕物帖　坂口安吾

文明開化の世に次々と起きる謎の事件。それに挑むのは、紳士探偵・結城新十郎とその仲間たち。そしてなぜか、悠々自適の日々を送る勝海舟も介入してくる…世相に踏み込んだ安吾の傑作エンタテイメント。

こんな女もいる　佐藤愛子

「自分は全然わるくないのに、男のせいで、こんなに苦しめられている……」女は被害者意識が強すぎる。失恋が何ですか。心の痛手が貴女の人生を豊かにするのです。痛快、愛子女史の人生論エッセイ。

こんな老い方もある　佐藤愛子

人間、どんなに頑張ってもやがては老いて枯れるもの。どんな事態になろうとも悪あがきせずに、ありのままに運命を受け入れて、上手にゆこうではありませんか。美しく歳を重ねて生きるためのヒント満載。

空の青さをみつめていると　谷川俊太郎詩集I　谷川俊太郎

1952年に第1詩集『二十億光年の孤独』で鮮烈な衝撃を与え、日本を代表する詩人となった著者の1950年代～60年代の代表作を厳選した詩集が、読みやすくなって再登場！　著者によるあとがきも収録。

朝のかたち　谷川俊太郎詩集II　谷川俊太郎

日本を代表する詩人・谷川俊太郎の1970年代～80年代前半までの代表作を精選した文庫版詩集、第2弾。「ことばあそびうた」「わらべうた」「みみをすます」など、日本語の豊かさとリズムに満ちた1冊。